BERTHE

ET

RICHEMONT.

2

Je meurs pour toi

BERTHE

ET

RICHEMONT,

NOUVELLE HISTORIQUE,

Par l'Auteur de Maria, et d'Antoine
et Jeannette.

Sicelides Musæ, paulo majora canamus.
VIRGIL.

TOME SECOND.

A PARIS,

Chez Roux, Libraire, Palais du Tribunat,
galerie du Théâtre - Français.

AN IX. — 1801.

BERTHE

ET

RICHEMONT,

CHAPITRE VIII.

Réunis par l'amitié, le devoir
et la reconnaissance, ces infortunés,
dignes d'un meilleur sort, vivaient
exempts de troubles et d'inquiétudes
dans la retraite ignorée qu'ils s'é-
taient choisie : leurs jours s'écou-
laient lentement, mais avec calme.
Si leurs jouissances n'étaient pas bien
vives, au moins étaient-elles pures ;

2   A

si des souvenirs douloureux venaient quelquefois en altérer la douceur, ils trouvaient un soulagement à leurs peines dans la paix de leur cons—cience, dont le cri ne s'élevait pas contre eux.

Le Comte, en traversant un jour le souterrain pour monter sur l'Es-planade où il allait presque tous les jours, tant pour donner ses soins aux animaux domestiques qu'il y avait rassemblés, que pour en rapporter des légumes et des fruits qu'il y cul-tivait; le Comte, dis-je, fit un faux pas qui l'obligea de se retenir à un panneau de boiserie qui se trouvait à sa portée. Ce panneau, en cédant à son effort, lui découvrit une porte de fer, dont il n'avait eu jusqu'alors aucune connaissance. Il tenta vainement de l'ouvrir; elle paraissait trop exactement fermée pour qu'il fût possible de la forcer; il fut obligé d'y renoncer, au moins pour le moment.

Il n'eut rien de plus pressé que de faire part de sa découverte aux compagnes de sa solitude, qui vinrent aussitôt l'examiner, et qui se convainquirent, ainsi que lui, qu'il n'y avait pour venir à bout de l'ouvrir, d'autre moyen à employer que la force. Il essaya, pour l'abattre, de se servir de quelques-uns des outils qu'il avait en son pouvoir, mais qui, étant trop faibles, ne purent l'entamer :

il remit cet ouvrage à un autre moment, et s'étant procuré les outils con-
venables, il parvint à lui seul, avec
beaucoup de peine, à la desceller. Cet
ouvrage lui coûta plus de quinze
jours d'un travail assidu, et qui le
fatiguait d'autant plus qu'il n'était
point accoutumé à manier des outils
aussi pesans que ceux qu'il était
obligé d'employer, et qu'il avait les
plus fortes raisons pour ne point se
faire aider par des mains étrangères.

Enfin le succès couronna ses efforts, et la porte mytérieuse tourna
sur ses gonds rouillés. Il vit avec
chagrin qu'il n'avait fait que la
moindre partie de la besogne nécessaire pour parvenir à la découverte

d'un secret qui piquait infiniment sa curiosité. Cette porte fermait l'entrée d'une espèce de corridor étroit et tortueux, au bout duquel se trouvait une seconde porte fermée avec le même soin, et qui présentait pour l'ouvrir plus de difficultés que la première, parce qu'elle n'offrait d'aucuns côtés les moyens de la détacher du mur dans lequel on l'avait scellée.

Ce nouvel obstacle irrita le désir qu'avait le Comte de percer cet étonnant mystère; mais il avait besoin de se remettre de ses fatigues avant d'entreprendre un travail trop peu proportionné à ses forces, et qu'il prévoyait devoir être aussi long que difficile; il remit à s'en occuper après un voyage qu'il se proposait de faire dans une petite ville voisine de leur habitation, pour s'y procurer différentes choses dont il avait besoin, et dont il ne voulait confier le soin à personne.

Il s'était écoulé déjà plus de deux années depuis la naissance de Blanche : cette aimable enfant commençait à courir seule de tous côtés. Un jour que Madame de Rieux, qui ne la quittait presque pas, avait projeté de la mener prendre l'air sur l'Esplanade, où elle se plaisait beaucoup, elles eurent la curiosité d'entrer dans le corridor nouvellement découvert, dont la porte était restée ouverte. Blanche, pour s'amu-

ser, se cacha derrière cette porte,
qui n'était pas entièrement poussée
contre le mur. En la tirant à elle
pour aller la prendre par la main,
et continuer sa route, Madame de
Rieux aperçut le long de la muraille
une plaque de cuivre, ou qu'elle
jugea telle, qui pouvait avoir un
pied en carré. A cette plaque tenait
un bouton qu'elle tira, parce qu'il
lui parut destiné à cet usage; la
plaque, en cédant au premier effort
qu'elle fit pour l'ouvrir, lui laissa
voir un paquet assez considérable de
clefs de toutes grandeurs, qui étaient
déposées dans un trou qui paraissait
avoir été creusé dans le roc à ce
dessein; elle voulut s'en emparer;
mais elles y étaient retenues par un

anneau de fer qu'elle essaya vainement de détacher. Elle remit les choses
dans l'état où elle les avait trouvées;
et continuant sa promenade, elle attendit le retour de son mari, pour
l'instruire de cette nouvelle découverte, qui pouvait lui faciliter les
moyens de pénétrer dans le nouveau
Souterrain dont l'entrée, jusqu'alors,
lui avait été interdite.

Après avoir terminé sa promenade, Madame de Rieux s'empressa
d'instruire la Princesse de cette découverte à laquelle sa fille avait la
plus grande part. Berthe se rendit
aussitôt en cet endroit, où la Comtesse la conduisit, et ne fut pas plus
heureuse qu'elle dans les efforts

qu'elle fit pour s'emparer du paquet de clefs. Il fallut nécessairement attendre le retour du Comte, qui ne revint que le surlendemain. A peine arrivé, on le conduisit à l'endroit de la plaque qu'il ouvrit avec la même facilité que la Comtesse l'avait fait; mais il n'éprouva pas moins de difficultés qu'elle pour prendre les clefs. Il alla chercher les outils dont il avait besoin pour briser l'anneau qui tenait fortement au roc; il avait commencé même à l'ébranler, lorsqu'il s'aperçut que cet anneau avait une jointure dans le milieu; il essaya de l'ouvrir; et après quelques efforts, cet anneau, qui était de cuivre, se sépara et lui laissa la facilité d'en tirer toutes les clefs les unes après

les autres : elles étaient au nombre
de sept. Elles parurent, soit par leur
conformation, soit par le parti qu'il
espérait d'en tirer, mériter une attention particulière, malgré la rouille
épaisse qui les couvrait. Il ne doutait pas qu'avec leur secours il ne
vînt à bout d'ouvrir la porte de fer
qui lui paraissait renfermer quelque chose de mystérieux, et que
sans ce moyen il eût peut – être
vainement tenté d'enfoncer. Il se
hâta de les emporter pour les
mettre en état de s'en servir avec
fruit.

Ce travail ne fut ni long ni difficile : lorsqu'il l'eut terminé, il se
rendit avec ses deux Compagnes à

la porte, objet de leur juste curiosité : après avoir débouché l'entrée
de la serrure, et y avoir introduit
de l'huile pour en faciliter l'ouverture, il y présenta successivement
plusieurs de ces clefs, qui ne purent
pas même y pénétrer ; il en avait
essayé déjà la plus grande partie,
sans avoir pu réussir dans son projet,
lorsqu'il imagina d'y présenter celle
qui lui parut la plus singulièrement
conformée. Elle y entra sans difficulté ; et après quelques efforts réité-
rés, que la rouille rendit nécessaires,
il parvint à ouvrir la porte que, par
la même raison, il eut un peu de
peine à faire tourner sur ses gonds.

Il s'était muni d'un flambeau dont

il présumait avoir besoin; il avait
en outre une lauterne, et tout ce qui
pouvait lui être nécessaire pour le
rallumer en cas qu'il vînt à s'éteindre : ils pénétrèrent, par ce moyen,
dans une espèce de salle assez spa-
cieuse, qui, comme toutes celles du
souterrain, avait été taillée dans le
roc, et qui n'avait rien de bien remarquable au premier aspect; il est
vrai qu'ils furent obligés d'en sortir
avant de l'avoir examinée, attendu
que l'air s'y était corrompu depuis
le temps qu'elle était fermée, et qu'en
y restant il ne pouvait que leur devenir nuisible. Le Comte alla chercher des parfums et des plantes aro-
matiques qu'il y fit brûler, et remit
au lendemain à poursuivre ses re-

cherches, afin de donner à l'air le temps de se renouveler et de se purifier.

Le jour suivant il n'éprouva plus d'obstacles à son projet : cette salle n'exhalait plus d'odeur malfaisante, et il put la parcourir sans danger. Le premier objet qui frappa ses regards fut un buste de femme assez grossièrement modelé, mais dont les traits paraissaient intéressans ; l'ensemble de cette figure annonçait une femme d'une beauté peu commune : ce buste était posé sur une espèce de tombeau fait en terre. Cette découverte piquait sa curiosité, sans la satisfaire, lorsqu'en levant les yeux il remarqua sur la muraille une inscription

Latine tracée avec de la pierre noire
ou du charbon. Les caractères en
étaient très-lisibles : ils indiquaient
que le plus malheureux des Epoux
avait inhumé lui-même dans ce tombeau une femme adorée qui périt au
printemps de son âge, victime de la
barbarie, de la vengeance et de l'am-
bition du plus exécrable des Pères et
des tyrans.

Cette inscription n'annonçait ni le
nom ni la date de la mort de cette
femme, dont il paraissait que le
buste offrait l'exacte ressemblance;
mais le Comte jugea qu'elle ne devait avoir guère moins d'un Siècle
d'antiquité. Sa curiosité n'était pas
à beaucoup près remplie, et il cher-

chait les moyens, si toutefois il en
existait, de la satisfaire lorsqu'il vit
entrer Berthe et la Comtesse, qui
étaient inquiètes de lui et venaient
pour lui porter du secours, au cas
que la vapeur l'eût incommodé. Il
les rassura sur leurs craintes, et leur
expliqua le sens de l'inscription qu'il
avait découverte. « Je ne suis donc
» pas la première infortunée à qui
» cet asile a servi de retraite, » s'é-
cria Berthe, en serrant Madame
de Rieux dans ses bras! « Puissé-je
» au moins être la dernière ! »

Le Comte, avant de poursuivre
ses recherches, voulait que Berthe
et sa femme se retirassent ; mais
comme elles ne se sentaient point

incommodées par la mauvaise odeur,
qui était tout-à-fait dissipée, elles
voulurent rester près de lui, et
il fut obligé de céder à leurs instances.

Près du tombeau de la victime in-
téressante, dont le sort était fait
pour attendrir toutes les âmes sensibles, était une excavation de trois
pieds environ de profondeur, dont
la terre avait été jetée sur le côté,
et qui paraissait avoir été destinée
à recueillir peut-être la dépouille
mortelle de son Epoux. En approchant le flambeau pour l'examiner,
il y découvrit un Squelette près duquel était un poignard qui paraissait avoir été l'instrument de la mort

de l'infortuné auquel il avait appartenu. Du reste, nulle inscription, nul indice qui pussent jeter quelque lumière sur cette étrange découverte. Il présuma que ces restes devaient être ceux de l'Epoux de cette beauté malheureuse à laquelle il avait élevé un tombeau ; mais rien ne l'en assurait, et plus le mystère qui paraissait envelopper l'existence et la fin déplorable de ce couple intéressant, s'épaississait à ses yeux, plus il cherchait avec ardeur le moyen d'en percer le voile.

Vis-à-vis du tombeau qui l'avait arrêté assez long-temps, était un grand coffre de fer que Berthe lui fit remarquer, et vers lequel il porta

toute son attention. Ce coffre placé
contre la muraille , était fermé ;
trois ouvertures placées sur le devant, annonçaient qu'il fallait trois
clefs pour l'ouvrir ; il courut chercher celles qu'il avait laissées à la
porte d'entrée, et dans le nombre
desquelles il en découvrit effectivement trois qui lui semblèrent celles
qu'il cherchait. Il les essaya les unes
après les autres, et parvint, après
avoir surmonté les difficultés que
la rouille et la différence des ser-
rures lui opposaient, à les ouvrir
toutes trois. Une pince qu'il avait
apportée avec lui à tout événement ,
lui servit à lever le couvercle de ce
coffre, ce dont il ne vint néanmoins
à bout qu'avec des efforts soutenus.

Quel fut son étonnement et celui
de ses deux compagnes en le trouvant rempli de vaisselle d'or et d'argent, ainsi que de différens objets
précieux. Ce coffre, en outre, en
renfermait un autre de bois de
Cedre, beaucoup plus petit, dont la
serrure et les ornemens, qui paraissaient d'or ou de vermeil, piquèrent
leur curiosité. Comme il n'était pas
assez volumineux pour ne pouvoir
pas être transporté, il l'enleva à l'aide
des mains qui se trouvaient aux
deux côtés, se réservant d'en faire
l'ouverture dans un lieu plus com-
mode. Il ne doutait pas que ce coffre
ne contînt quelque chose d'infiniment précieux ; il ne désespéra pas
même d'y trouver des renseigne-

mens sur une aventure trop extraordinaire pour ne pas exciter toute son
attention. Il se contenta de refermer
le couvercle du grand coffre ; et après
avoir tiré sur lui la porte de fer,
sans se servir d'aucune des clefs,
il sortit avec Berthe et la Comtesse
pour respirer un air plus pur, et
continuer des recherches qu'il présumait ne devoir pas être infruc-
tueuses.

Après être rentrés dans la maison,
où ils s'enfermèrent pour ne pas
être interrompus, laissant la jeune
Blanche entre les mains de la bonne
Brigitte qui ne cessait de lui pro-
diguer les soins les plus tendres, le
Comte examina le coffre attentive-

ment, afin de trouver les moyens
de l'ouvrir sans le briser, ressource
qu'il ne voulait employer qu'à la
dernière extrémité. Parmi les sept
clefs dont il avait trouvé l'emploi,
il en restait deux qui ne lui avaient
point encore servi. L'une était assez
grande, et l'autre beaucoup plus
petite ; en les examinant, il reconnut
qu'elles étaient d'argent, qui, noirci
par le temps, paraissait n'être que
du fer. Il ne s'occupa point de la
plus petite, dont il ne pouvait deviner l'emploi ; mais il présenta
la plus grande à la serrure du
coffre, dans laquelle elle entra
sans difficulté ; il l'ouvrit, et ce ne
fut pas sans surprise qu'il vit que
ce coffre en renfermait un autre

pareillement de bois de Cedre, et garni d'ornemens encore plus riches. Il l'enleva au moyen de deux anneaux qui tenaient au couvercle. Ce coffre était fermé par une serrure que la plus petite des clefs ouvrit.

C'était le dernier obstacle qui s'opposait à leur curiosité, que rien ne les empêchait plus de satisfaire. Le Comte le vida sur une table : il contenait une assez grande quantité de bijoux et de pierreries du plus grand prix; c'était en vain qu'il les examinait; ils ne lui procuraient aucuns renseignemens sur ceux auxquels ils pouvaient avoir appartenus; mais en regardant avec attention le dedans du coffre, il crut remarquer des jointures qui lui indiquèrent un double fonds. En cherchant à l'ouvrir, il toucha un ressort qui, en se détendant, fit lever une petite planche qui le recouvrait.

Il s'aperçut avec beaucoup de joie que ce double fonds ne contenait que des papiers dont la découverte lui parut de la plus haute importance. Ces papiers, à l'exception d'un cahier peu volumineux, qu'ils recouvraient, étaient liés ensemble, et portaient pour étiquette : *Titres originaux appartenant à la maison de Seymour.* Cette famille était connue par ses malheurs, ainsi que par la part qu'elle avait prise dans les dissentions de la Rose rouge

et de la Rose blanche, et surtout
par son attachement à la branche
d'Yorck, aux droits de laquelle Richemont avait succédé.

D'après la seule inspection de ces
papiers, ils ne doutèrent pas que les
deux tombeaux ne renfermassent
deux des Ancêtres de cette illustre
Maison ; et comme cette découverte
les intéressait infiniment, ils poursui-
virent leurs recherches avec encore
plus d'activité.

Le cahier qui accompagnait ses
titres était composé d'une douzaine
de feuilles de parchemin, et n'avait
éprouvé aucune altération, non plus
que les autres pièces, au moyen des

précautions qu'on paraissait avoir
prises, pour que l'humidité ne pût
pas y pénétrer. L'écriture n'avait
rien de remarquable, et n'était, suivant l'usage du temps, accompagnée
d'aucun ornement étranger ; elle
était assez lisible pour qu'on pût la
déchiffrer à la première lecture. Elle
paraissait avoir été tracée très-ra-
pidement, et les inégalités fréquentes
qu'on y remarquait, semblaient indiquer l'agitation profonde de l'E-
crivain.

La première page de ce cahier
ne contenait que ces mots : *Aux
âmes sensibles.* Ce titre simple,
mais qui annonçait en peu de mots
l'esprit de l'ouvrage , ne pouvait

qu'ajouter à la curiosité des trois
Solitaires. Après avoir remis les bijoux et les titres dans le coffre qui
les avait renfermés jusqu'alors, le
Comte prit le Manuscrit; et profitant
du moment où Blanche reposait, il
en fit la lecture à ses deux Compagnes, ainsi qu'il suit.

CHAPITRE IX.

« Si des malheurs aussi terribles que peu mérités, sont un titre à la pitié des cœurs généreux, personne n'a plus de droits que moi d'y prétendre. Je suis un des exemples les plus frappans des vicissitudes humaines. S'il était possible d'admettre la fatalité, je croirais avoir été destiné de tout temps à augmenter le nombre des infortunés que la Fortune s'est fait un jeu de soumettre à ses caprices. Né dans un rang élevé, je devins la victime du malheur par

l'effet de ces révolutions terribles qui
changent la face des Empires, et qui
précipitent au fond de l'abîme, ceux
mêmes qui pouvaient, avec quelque
raison, se croire à-l'abri des coups du
sort.

» Il suffit de me nommer, pour
annoncer l'éclat de ma naissance. Je
suis le second Fils de Richard Seymour, dont les richesses et le crédit
pouvaient aller de pair avec les meil-
leurs Familles de l'Angleterre. Je
devins, par la mort prématurée de
mon Frère, l'unique Héritier des
biens et des titres de cette Maison.
Attaché, plus encore par l'amitié que
par le sang et les opinions, au parti
de la branche d'Yorck, dont on sait

que le signe de rallîment était une
Rose blanche, comme celle de Lan—
castre avait pris une Rose rouge. Ma
Famille avait toujours partagé sa
puissance ou son infortune, suivant
que son sort se déclarait pour ou
contre elle. Tantôt au faîte des grandeurs, tantôt obligée d'échapper par
la fuite à la vengeance du parti do-
minant, rien n'avait pu la détacher
de la Maison d'Yorck, dont elle était
un des plus fermes appuis. J'héritai
des sentimens de mon Père à son
égard, et je ne m'en suis jamais
écarté dans aucune des circonstances
de ma vie.

» Je venais d'atteindre ma ving—
tième année ; j'avais achevé mes

C 3

exercices, et mon entrée dans le
monde avait été signalée par les
plus heureux succès : j'étais d'une
taille et d'une figure à faire de bril-
lantes conquêtes; mais insensible aux
traits de l'amour, aucunes femmes,
quoique je fusse répandu dans la meilleure société, n'avaient fait la moindre impression sur mon cœur. Je les
voyais toutes avec la même indifférence; je leur faisais la cour, mais
je n'en distinguais aucune. Enfin le
moment fatal arriva, et mon malheur voulut que par une circonstance bizarre, j'offrisse mon hommage
précisément à celle à qui la prudence
devait me faire un devoir de ne jamais songer ; mais l'amour est aveugle, il ne connaît ni frein ni obstacles;

loin de le rebuter, les difficultés
semblent augmenter son efferves-
cence ; et tout entier à son délire, il
ne voit que le but qu'il brûle d'at—
teindre, et compte pour rien les
peines qu'il se prépare et l'amer—
tume dont il abreuve ses jours.

» Nous étions dans la saison des
bals et autres divertissemens de cette
espèce. Ce genre d'amusement ne
peut plaire qu'autant qu'il est animé
par l'amour. Quoique mon cœur fût
parfaitement tranquille, je ne dé-
daignais pas néanmoins les plaisirs
qu'il pouvait me procurer, et je
puis dire sans vanité que j'étais
désiré partout, et que lorsque je
paraissais dans une assemblée, je

pouvais compter sur un triomphe.
Je fus invité à une fête brillante que
donna le Prince de Galles à toute la
Noblesse de Londres. Le but de cette
fête extraordinaire était moins de
rassembler tout ce que cette ville
célèbre pouvait offrir de plus aimable, que de réunir les différens
partis qui, malgré la paix profonde
dont on jouissait, ne cessaient de s'a-
giter sourdement, et de se préparer
dans le silence à une nouvelle ex-
plosion, dès qu'une circonstance favorable se présenterait. Il espérait
par ce moyen parvenir peu à peu à
étouffer les semences de division qui
tenaient éloignées les unes des autres
les premières Familles de l'Angleterre.

» J'allai pour mon malheur et celui d'une femme adorable que je brûle de rejoindre dans le tombeau, à cette fête, dirai-je funeste, qui n'avait eu jusqu'alors rien de comparable, et qui était digne par son but et par sa magnificence de l'Héritier présomptif de la Couronne d'Angleterre. J'y vis Amélie Spencer, Fille du Lord de ce nom, et qui paraissait pour la première fois dans le monde. Seize ans, une taille de Nymphe, une figure toute céleste, une peau plus blanche que l'ivoire, des yeux vifs et de longs cheveux bruns, qui retombaient en boucles flottantes sur ses épaules ; un organe enchanteur, le sourire le plus agréable ; telle était en peu de mots

Amélie. Le moment où elle parut dans le bal fut signalé par un cri général d'admiration ; je la vis, et ce moment décida de mon sort. J'ignorais encore son nom, que j'avais fait dans mon cœur le serment de l'adorer toute ma vie.

» Quelles furent et ma surprise et ma douleur, quand je l'entendis nommer ? Le saisissement que j'éprouvai ne saurait se peindre : il était tel, que mes traits en furent visiblement altérés. Amélie devait le jour à un homme qui abhorrait ma Famille, par la seule raison qu'elle tenait à un parti contraire à celui qu'il avait embrassé. La haine qu'il lui avait jurée était irrévocable :

doué d'un caractère ferme , mais violent, rien ne pouvait être capable de le ramener à des sentimens modérés. Je n'ignorais rien de cette affreuse circonstance, et cependant l'amour fut le plus fort. Amélie était si belle, si digne d'être aimée! Vainement je voulus consulter ma raison, sa voix impérieuse n'eut aucun pouvoir sur mon cœur. Je ne voyais qu'Amélie, et mon délire était tel que tous les obstacles , quoique je ne m'en dissimulasse aucuns, me paraissaient faciles à lever.

» On forma un quadrille; le Prince de Galles , qui avait ses vues, me nomma pour danser avec Amélie. Cette circonstance acheva de m'eni-

vrer ; je passai près de deux heures
avec elle, et ces momens heureux ne
furent pas perdus pour l'amour. Si
je ne dis pas à l'adorable Amélie que
je l'aimais, elle dut lire dans mes
regards ce qui se passait au fond de
mon âme, et je crus m'appercevoir
que je ne lui étais pas moins agréable, qu'elle ne m'avait paru digne de
tout mon hommage.

» Je passai la nuit entière à m'eni-
vrer d'amour en contemplant Amélie,
à laquelle je témoignai par mes soins
empressés, combien je désirais de lui
plaire. J'eus lieu de croire qu'elle
ignorait encore mon nom ; car elle
parut se livrer avec sécurité au plaisir innocent que la fête était dans le

cas de lui procurer. J'en jugeais ainsi, parce que j'étais en quelque sorte fondé à croire qu'elle ne m'avait pas vu avec indifférence, et que si j'eusse été connu d'elle, la haine qu'elle savait exister entre nos familles eût suffi pour troubler la sérénité de son cœur et l'empêcher de se livrer, comme elle le fit, à la gaîté douce et franche que la fête lui inspira. Enfin le retour de la lumière vint détruire mon bonheur, et nous fûmes contraints de nous séparer.

» J'emportai dans mon cœur le trait fatal que l'amour venait d'y lancer, et tout entier à l'idée d'Amélie, ce fut vainement que je cherchai le repos ; il ne me fut pas

D

possible de fermer l'œil. Amélie était
sans cesse présente à ma pensée; je
m'enivrais de l'espoir d'en être aimé,
et je ne calculais pas les chagrins de
toute espèce que me préparait mon
amour. Je ne passai pas la journée
plus tranquillement, et la nuit sui-
vante n'apporta point de remède à
mon mal. Le jour me surprit dans
l'agitation cruelle qui ne m'avait pas
quitté un seul instant, et mon tourment, loin de s'appaiser, ne faisait
que s'accroître en raison des obstacles que mon imagination commençait à ne plus se dissimuler. Il s'agis-
sait de revoir Amélie, de trouver
l'occasion de lui parler, de lui peindre
la violence de mon amour, et d'en
obtenir un aveu auquel était attaché

le bonheur du reste de ma vie. Mais comment parvenir à ce but tant désiré? Je ne me cachai pas que c'était à peu près la chose impossible ; cependant je ne me rebutai pas , et toutes mes pensées se portèrent sur les moyens que je pourrais employer, je ne dis pas pour toucher son cœur, car je ne pouvais presque pas douter de l'impression que j'y avais faite ; mais pour vaincre les difficultés que la haine implacable de son Père serait dans le cas de m'opposer. Je comptais assez sur l'amitié du Prince de Galles, pour m'autoriser de son appui. D'ailleurs cet hymen qui aurait rapproché deux familles jusqu'alors irréconciliables, entrait trop dans ses vues de conciliation, pour qu'il ne s'empressât pas de le faire réussir; mais comment ramener à des idées de pacification un homme connu par l'âpreté de son caractère, et qui n'avait jamais su pardonner? Telle était ma situation : je laisse à juger de l'agitation toujours renaissante à laquelle mon cœur était sans cesse en proie.

» Ce qui s'était passé à la fête du Prince de Galles, n'avait pas échappé à la curiosité maligne des Courtisans, et surtout des femmes qui y prenaient un intérêt particulier, en raison du vaste champ que cette circonstance offrait à leurs conjectures. Les soins que j'avais rendus pendant la durée de cette fête à l'objet de mes

vœux, n'avait pas laissé que de faire
du bruit. Les unes, et c'était le plus
grand nombre, s'étaient déclarées en
ma faveur ; celles qui pouvaient
avoir quelques vues sur moi, s'é-
taient rangées hautement du parti
contraire, de sorte que cette aventure était le sujet des conversations
de toutes les sociétés. Je ne crus pas
devoir faire mystère à mon Père de
l'impression que la vue d'Amélie
avait produite sur mon cœur. Quoique fidèlement attaché au parti qu'il
avait embrassé, il n'était pas éloigné
de consentir à voir éteindre par une
pareille union, la haine qui divisait
deux familles ; mais il ne croyait pas
à la possibilité d'un rapprochement
aussi extraordinaire ; il me plaignit,

et ne me dissimula pas que si j'étais
sage, je devais faire en sorte de renoncer à un amour qui ne pouvait
qu'empoisonner ma vie, et peut-être
avoir des suites d'autant plus funestes, que si je persistais dans mon
projet, je ne serais pas le maître un
jour de le conduire à mon gré. J'é-
tais trop enivré pour écouter des
conseils aussi sages; et mon délire
était tel, que la certitude de la mort
même la plus affreuse, n'aurait pu
me détourner de mon dessein. Je
répondis à mon Père que le sort en
était jeté, et que je me soumettais
d'avance avec résignation à tous les
événemens qui pourraient en résulter. J'attendis tout, en effet, et du
temps et des circonstances, et je me

livrai sans réserve à toute l'efferves-
cence de ma passion, espérant toujours qu'un nouvel ordre de choses
pourrait m'aider à surmonter les
obstacles qui se multipliaient devant
moi.

» Le Père d'Amélie n'était pas à
beaucoup près dans les mêmes dis-
positions que le mien : dès qu'il apprit, et il ne tarda pas à le savoir,
que sa Fille, dont la conduite était
irréprochable, puisqu'elle ne me
connaissait pas, avait non-seulement
osé m'entretenir, mais encore paru
satisfaite de la circonstance qui nous
avait réunis, il entra dans une fureur dont il serait difficile de se former une idée. Il la fit venir dans son

cabinet ; il lui déclara, en présence
de sa Mère qui l'avait accompagnée,
que, si jamais elle avait la témérité
de lever les yeux sur moi ou même
de prononcer mon nom, sa malé—
diction serait le prix de sa désobéis-
sance, et qu'il se sentait capable de
se porter contre elle aux extrémités
les plus terribles. Lady Spencer chercha vainement à excuser sa Fille, elle
ne fit qu'irriter sa colère, et donner
plus de caractère et d'extension à la
haine qu'il m'avait jurée.

» J'appris presque aussitôt les me-
naces que le Lord venait de faire à
sa Fille, dans le cas où elle aurait le
malheur de transgresser ses ordres ;
et si elles m'affligèrent par rapport à

Amélie, elles ne me rebutèrent pas.
Au contraire, mon amour s'accrut en
raison des difficultés que j'éprouvais,
et je tournai toutes mes pensées vers
les moyens de les vaincre. Il s'agis-
sait de pouvoir instruire Amélie du
tendre penchant qu'elle m'avait ins-
piré, et la chose n'était pas facile.
La paix qui régnait alors me laissait
la liberté de disposer de tous mes
momens. J'épiai ses démarches, dont
je fus bientôt parfaitement instruit.
Je ne négligeai aucune occasion de
la voir, sans toutefois compromettre
son repos, et je crus remarquer, non
sans un plaisir extrême, que je paraissais ne lui pas être indifférent. Une
certaine vivacité qui brillait dans ses
yeux dès qu'elle m'apercevait, la

rougeur modeste dont son charmant
visage se couvrait , et l'inquiétude
même qu'elle paraissait témoigner ,
tout semblait m'annoncer qu'Amélie
n'était pas éloignée de partager mes
feux , ou plutôt qu'elle m'aima t autant que je l'adorais moi – même.

» L'inimitié qui régnait ouverte-
ment entre sa famille et la mienne,
empêchait que nous ne pussions nous
parler dans les sociétés que nous
étions dans le cas de fréquenter. Je
connaissais toutes celles où elle allait
d'habitude ; mais le nom que je por-
tais suffisait pour m'empêcher d'y
être admis. Il n'y avait que le cercle
de la Reine , où je pouvais la voir
sans obstacle ; il est vrai que pour la

ménager, j'avais soin ni de me placer près d'elle, ni de lui dresser la
parole ; mais je la voyais et c'était
beaucoup pour moi. Mall eureuse-
ment les ordres de son Père ne lui
permettaient pas de s'y rendre aussi
souvent qu'elle l'aurait désiré ; ce
n'était que malgré lui qu'il souffrait
qu'elle s'y présentât, et seulement
dans des circonstances indispensa-
bles. Mais j'étais venu à bout de
gagner un de ses Domestiques qui
m'instruisait exactement de tout ce
qui se passait, et je ne laissais échapper aucune occasion de me satisfaire.

» Ce fut par cet agent fidèle que
je découvris qu'une vieille Tante,

femme estimable à tous égards, mais
que je ne voyais guère que par bien-
séance, parce que nos goûts n'étaient
pas faits pour sympathiser, était liée
particulièrement avec Lady Baltimore , qui était en même temps
l'amie intime de la Mère d'Amélie.
Je payai généreusement cette heureuse découverte qui me combla de
la joie la plus vive, et cette façon
d'agir me gagna tellement la confiance de cet homme, que je le trouvai prêt à tout entreprendre pour
m'aider dans les projets que je serais dans le cas de former. Je me
flattai de tirer un très-grand parti
de la liaison de Madame Summers,
c'était ainsi que se nommait ma
Tante, avec Lady Baltimore, et

comme il y avait assez long-temps
que je ne m'étais présenté chez elle,
je m'empressai d'aller lui rendre
visite. Cette excellente femme m'é-
tait fort attachée ; elle me fit quelques reproches obligeans sur l'indifférence que je paraissais lui témoigner. Je convins franchement de mes
torts, et je m'en excusai du mieux
qu'il me fût possible, en lui promet-
tant que je les réparerais à l'avenir
de manière à me rendre digne de son
amitié. Elle sourit et m'embrassa
pour me prouver, me dit — elle, que
la paix était faite et qu'elle ne gar-
dait aucun ressentiment contre moi.

» Je ne voulais pas dès la première visite lui parler de l'objet qui

2, E

m'avait conduit chez elle ; mais elle
me mit elle-même sur la voie, en
faisant tomber la conversation sur la
fête où je m'étais trouvé avec Amélie, et sur l'hommage que j'avais
rendu publiquement à ses charmes.
Je ne lui cachai pas l'impression
profonde qu'elle avait faite sur mon
cœur, et le désir que j'avais de pouvoir éteindre la haine qui divisait sa
Maison et la mienne, en obtenant sa
main. Madame Summers me représenta qu'une pareille entreprise était
au-dessus de mes forces ; non qu'elle
blâmât mon projet dont elle serait
enchantée de voir l'exécution ; mais
elle ajouta que le Lord Spencer était
d'un caractère trop prononcé, et que
la haine implacable qu'il avait vouée

à ma famille était trop invétérée
pour qu'il pût jamais consentir à un
pareil accommodement. Elle m'apprit même qu'on l'avait déjà sondé à
cet égard, et qu'il avait répondu que,
quoiqu'il aimât beaucoup sa Fille, il
préférerait de la voir mourir, à l'horreur de la savoir unie à mon sort; elle
finit par me conseiller de renoncer à
une passion qui ne pourrait que me
rendre malheureux.

» Je lui répondis qu'il était trop
tard, et qu'une pareille crainte ne
serait pas dans le cas de m'arrêter ;
que j'avais juré de ne jamais cesser
d'adorer Amélie, et que la mort
même, dont on pourrait me mena-
cer, ne me détournerait pas de la

résolution où j'étais de mettre tout
en œuvre pour obtenir sa main. L'a-
mitié et la confiance que me témoigna Madame Summers m'enhardi-
rent : je lui dis que je n'ignorais pas
qu'elle était intimement liée avec
Lady Baltimore qui l'était elle-
même avec la Mère d'Amélie, et
que peut- être elle pourrait par son
moyen me procurer une entrevue
avec cette charmante personne, et
par suite amener son Père à ne pas
rejeter mes vœux.

» Madame Summers trouva l'entreprise un peu délicate; elle ne m'en
dissimula pas toute la difficulté, et
me dit, en riant, qu'elle ne s'étonnait
plus de mon retour auprès d'elle. Je

rougis, et j'avoue que je fus même
un peu décontenancé. Elle s'aperçut
de mon embarras et s'empressa d'a-
jouter que cette réflexion, peut-être
un peu méchante, n'était pas un refus
de me servir en tout ce qui dépendrait d'elle, que ce n'était qu'une
petite vengeance qu'elle s'était per-
mise pour me prouver l'estime qu'elle
faisait de moi ; qu'elle rêverait au
moyen de m'être utile et que, quand
je reviendrais la revoir, elle serait
sans doute à portée de m'en dire davantage.

» Pendant que j'étais avec elle, on
vint annoncer Lady Baltimore ; je
voulus me retirer, mais elle me fit
rester ; et après avoir dit à son amie

E 3

qui j'étais, et le désir qu'elle avait
de me rendre service, elle ne
lui fit aucun mystère de ceux que
son amitié pourrait exiger d'elle en
cette occasion. Lady Baltimore ne
refusa pas de m'être utile ; au contraire, elle m'assura qu'il ne tien-
drait pas à elle que mon projet ne
réussît ; que j'étais un parti convenable pour Amélie, qu'elle aimait
comme si elle eût été sa Fille, et
qu'elle n'avait rien de plus à cœur
que de la voir heureuse ; mais elle
me dit en même temps que cette affaire était très — délicate à traiter,
qu'il fallait agir avec beaucoup de cir-
conspection, et qu'en qualité d'amie
des deux familles, elle ne négligerait
rien pour tâcher de les rapprocher.

» Lady Baltimore tint parole : au bout de quelques jours je reçus un billet de Madame Summers, qui me mandait de venir chez elle sur-le-champ ; cette invitation pressante me parut de bonne augure ; elle me fit d'autant plus de plaisir, que je l'avais vue la veille, et qu'il n'y avait encore rien de nouveau. On juge bien que je me rendis chez elle aussitôt la lettre reçue. Elle m'apprit que Lady Baltimore, qu'elle venait de voir, n'avait pas cru devoir faire mystère à son amie, des sentimens que j'avais conçus pour son aimable Fille, que Lady Spencer en avait reçu l'ouverture avec la plus vive satisfaction ; qu'elle avait pour moi beaucoup d'estime, et qu'elle

serait d'autant plus flattée de pouvoir me nommer son Gendre, qu'elle
verrait s'éteindre par cette union la
longue inimitié qui régnait depuis
trop long-temps entre deux familles
faites pour s'estimer ; mais que l'exécution de ce projet ne lui paraissait
pas moins difficile qu'à son amie ;
qu'il fallait attendre tout du temps
et des circonstances, et qu'elle s'em-
presserait elle-même de faire naître
des occasions qui pussent favoriser
nos vues. Elle était d'avis que je
m'adressasse au Prince de Galles,
pour faire intervenir sa médiation,
ne doutant point que son Époux
n'eût les plus grands égards pour
sa recommandation ; mais le moment n'était pas encore venu pour

faire agir ce puissant ressort, dont
il ne fallait faire usage qu'à la dernière extrémité.

» Lady Baltimore ajouta que son
amie désirait de m'entretenir; qu'elle
devait venir dîner le surlendemain à
une Maison de plaisance qu'elle avait
à quatre milles de Londres, que je
pouvais m'y rendre, avec la précaution néanmoins de me déguiser de
manière à n'être pas reconnu, et
qu'elle me ménagerait un entretien
avec elle. Ce plan était d'autant plus
facile à exécuter, que, n'étant point
connu dans la Maison de Lady Baltimore, je pouvais trouver mille pré-
textes pour m'y rendre sans être soup-
çonné par qui que ce fût.

» Je ne manquai pas d'être exact au rendez-vous ; je n'eus qu'à me louer des égards et des attentions que me témoigna Lady Spencer ; elle me répéta tout ce que Lady Baltimore m'avait fait dire de sa part ; et sur l'assurance que je lui donnai que mon Père n'était pas éloigné de se rapprocher de son Époux, elle me promit de faire tout ce qui dépendrait d'elle pour concourir au succès de nos vues, malgré toutes les difficultés que nous aurions à surmonter.

» Il ne manquait à mon bonheur que d'avoir pu voir Amélie : encouragé par la bienveillance qu'elle me montrait, je m'enhardis à lui

demander cette faveur. Elle me répondit d'abord que j'étais bien exi-
geant ; puis elle ajouta que , pleine
de confiance dans mon caractère et
dans les intentions qui me faisaient
agir, elle ferait ensorte de me ménager une entrevue avec sa Fille,
dans cette même Maison, et qu'elle
aurait soin que je fusse averti du
jour où elle pourrait avoir lieu ,
pour que je m'y rendisse avec
encore plus de précaution que je
ne l'avais fait. Nous convînmes
aussi que, pour ne pas éveiller les
soupçons de son Époux, je m'ab-
stiendrais surtout de paraître dans
la Maison de Lady Baltimore, à
qui je ne ferais aucune espèce de
visite.

» Enivré de joie, je me précipitai
aux genoux de Lady Spencer, et je
pris une de ses mains que je portai à
ma bouche avec respect; elle s'empressa de me relever, et m'embrassa
en me disant qu'elle ne désirait plus
qu'une chose avant de mourir, c'é-
tait de me voir son gendre. Je lui
prodiguai, ainsi qu'à Lady Baltimore, tous les témoignages de ma
reconnaissance, et je n'eus qu'à me
féliciter de l'accueil tendre et sincère
que j'en reçus.

» Je laisse à juger de l'enchantement où j'étais en retournant à
Londres. Mon premier soin, en arrivant, fut de faire part à mon Père
de l'entretien que j'avais eu avec

Lady Spencer : j'avais bien prévu
que, loin d'apporter aucun obstacle
à mon projet, il chercherait à l'appuyer de tout son pouvoir ; mais
cependant il fit de nouveaux et d'in-
fructueux efforts pour tâcher de me
guérir de mon amour, en m'objec-
tant que le Père d'Amélie, portait
à sa Famille une haine trop profondément enracinée pour qu'il con-
sentît jamais à m'unir à sa Fille;
il ajouta même qu'il le connaissait
assez pour ne pas douter de tous les
excès auxquels il serait capable de se
livrer, plutôt que de souffrir qu'elle
me donnât la main. Je rendais inté-
rieurement justice à ses intentions,
et je sentais toute la force de ses
raisonnemens ; mais j'aimais trop

2. F

violemment Amélie pour que ces
considérations pussent m'arrêter. Je
lui avouai franchement que, quelque salutaires que fussent ses conseils, je ne pouvais me déterminer
à les suivre, et je remis à l'avenir
le soin de mon bonheur, en m'occupant néanmoins de tous les moyens
possibles de l'accélérer. »

Blanche, qui vint à s'éveiller,
obligea le Comte de suspendre la
lecture des Mémoires d'Olivier Seymour : après qu'on l'eut remise entre les mains de Brigitte, pour la
conduire au jardin, où l'on avait
coutume de la promener à son ré-
veil, le Comte en reprit la lecture,
avec d'autant plus d'empressement

qu'elle lui promettait , ainsi qu'à ses compagnes, des détails intéres-sans sur le nouveau souterrain que le hasard lui avait fait découvrir,

〜〜〜〜〜

CHAPITRE X.

« Lady Spencer me tint la parole qu'elle m'avait donnée; j'eus peu de temps après le bonheur de voir son aimable Fille, et le bonheur plus grand d'apprendre de sa bouche que je ne lui étais point indifférent : sa Mère, qui était présente, me donna des marques de l'amitié la plus tendre, et m'engagea fortement à mettre en œuvre tous mes moyens de réussir, m'assurant que de son côté elle m'appuierait de tout son pouvoir. Il ne me restait plus à vaincre que l'opiniâtre résistance du Lord, et j'avoue que plus j'allais en avant, plus les obstacles semblaient se multiplier devant moi. Vainement le Prince de Galles et le Roi même tentèrent toutes les voies possibles de conciliation, ils ne purent rien gagner sur cet esprit farouche qui n'avait jamais su pardonner, et que la résistance qu'il éprouvait, irritait encore.

» J'ignore comment les sentimens que j'avais conçus pour Amélie parvinrent à sa connaissance ; mais il en fut instruit, ou du moins les soupçonna. Les pressantes sollicitations du Prince de Galles ne lui laissèrent aucun doute ; et, pour m'ôter tout

F 3

espoir, il résolut de la marier. Il
fit choix, pour lui donner sa main,
du Comte de Rutland, homme d'un
certain âge, peu fait pour être aimé,
mais en qui il avait toute confiance,
parce que étant un des chefs de son
parti, il n'avait pas moins de haine
que lui pour ma famille , et qu'il
croyait, par ce moyen , me punir
doublement. Plutôt tyran que Père,
il ne regardait Amélie que comme
un objet propre à servir ses vues
ambitieuses, et son bonheur était
ce qui l'occupait le moins.

» Lorsqu'il eut terminé avec le
vieux Comte tous les arrangemens
nécessaires à l'exécution de son projet, il prit en particulier sa Femme et

sa Fille, et leur annonça ses intentions de manière à leur faire entendre
qu'il voulait être obéi : Amélie se
contint dans les bornes du respect
qu'elle devait à l'auteur de ses jours
en gardant le silence ; mais sa Mère
lui opposa une résistance à laquelle
il ne s'attendait pas, et qui ne pro-
duisit d'autre effet que de l'affer-
mir dans sa résolution. Il déclara
que son parti était irrévocablement
pris, et qu'il ne laissait à sa Fille
que le choix de l'époux qu'il lui des-
tinait, ou d'un couvent dans lequel
il la ferait enfermer pour sa vie.

» Je fus instruit presque aussitôt
de ce cruel événement par Madame
Summers, à qui dans le jour même

Lady Baltimore en avait fait part :
il n'y avait pas moyen de faire revenir le Lord sur mon compte. J'eus
quelques jours après une entrevue
avec Lady Spencer et son adorable
Fille : cette excellente Mère nous
plaignit tous deux , et versa des
larmes amères en songeant au sort funeste dont était menacée son Amélie :
Madame Summers , et Lady Baltimore partageaient sa juste afflic-
tion , et rêvaient inutilement aux
moyens de rémédier à ce malheur.
Pour Amélie , loin de se laisser
abattre à l'approche du danger, elle
déploya dans cette occasion un caractère et une fermeté dignes des
plus grands éloges. Elle se jeta aux
genoux de sa Mère en lui deman-

dant la permission d'exprimer libre-
ment son vœu ; nous la regardions
avec étonnement, sans pouvoir deviner quel était son dessein ; lorsqu'elle eut obtenu la permission de
parler, elle ne s'exhala point en
plaintes inutiles sur la tyrannie que
son Père exerçait à son égard ; mais
elle promit solennellement de ne jamais prendre d'autre époux que moi,
et de se dévouer sans plaintes et
sans regrets à ce qu'il plairait à
son Père d'ordonner de son sort,
plutôt que de s'unir au barbare qui
était assez lâche pour désirer d'obtenir sa main contre son gré. Sa
Mère, Lady Baltimore et Madame
Summers, étonnées de son courage,
applaudirent à sa résolution, espé-

rant que le temps pourrait peut-
être ramener le Lord à des sentimens plus dignes du cœur d'un bon
Père, ou que d'autres circonstances
impossibles à prévoir, changeraient
la face des affaires, de façon à nous
donner quelque espoir de parvenir
à notre but.

» Quelques jours se passèrent
sans que j'entendisse parler de rien :
enfin j'appris par Lady Baltimore,
que le Père d'Amélie avait fait connaître de nouveau à sa malheureuse Fille, ses volontés de la manière la plus tyrannique, et lui
avait ordonné de lui obéir, sous
peine d'encourir son indignation,
et d'être rigoureusement punie de

sa résistance. Amélie n'opposa que
la douceur aux emportemens de son
Père, et lui répondit qu'il pouvait
disposer de sa vie, dont elle était
prête à lui faire le sacrifice, mais
qu'elle préférait la mort à l'époux
qui demandait sa main. Quoique je
m'attendisse à cette nouvelle, je ne
pus cacher l'impression profonde
qu'elle faisait sur mon cœur ; je me
retirai fort chagrin, et me livrant à
la plus noire mélancolie, je passai la
nuit à réfléchir aux moyens que je
pourrais employer, pour arracher
Amélie à l'horrible persécution dont
je ne prévoyais que trop qu'elle allait
être la victime.

» J'appris peu de jours après

qu'ayant continué d'opposer une résistance respectueuse aux volontés
de son Père , il lui avait signifié
l'ordre de se disposer à partir pour
un Couvent éloigné, si, pendant un
mois qu'il voulait bien lui accorder
encore pour tout délai, elle ne se sou-
mettait point à l'obéissance qu'elle
lui devait , en acceptant la main du
Comte de Rutland. D'après le plan
que j'avais formé, et dont je ne donnai connaissance à personne, je n'a-
vais pas un moment à perdre pour
en assurer l'exécution.

» Je m'abouchai avec Drinck,
c'était le nom de ce Domestique du
Lord Spencer, que j'avais mis dans
mes intérêts, et je n'épargnai ni l'or

nì les promesses pour qu'il m'instrui-
sît de tout ce qui se passerait dans la
Maison de son Maître, à l'égard du
voyage de sa Fille et de la route
qu'elle devait prendre. Cet homme,
qui ne ressemblait en rien aux gens
de son état, me prévint que, pour
ne donner matière à aucun soupçon
contre lui, et s'attirer de plus en
plus la confiance de son Maître, il
continuerait, ainsi qu'il l'avait fait
jusqu'à ce moment, à paraître vis-à-
vis de ses camarades, mon plus cruel
ennemi, et à tenir contre moi les
propos les plus emportés. Le Lord en
en effet donna dans le piége, et je découvris, par le moyen de cet agent
fidèle, tout ce que j'avais intérêt de
savoir.

2.   G

» Sûr de Drinck, que je payais
trop bien pour craindre d'en être
trahi, je fis acheter, par un inconnu,
un petit Domaine isolé , situé sur
les confins de l'Angleterre et de l'Ir-
lande, dans un pays désert et sauvage, où j'étais presque certain qu'on
ne m'irait pas chercher. Ce local me
convenait d'autant mieux qu'il com-
muniquait à un souterrain , où l'on
pouvait se mettre, en cas d'événement, à l'abri de toute poursuite. Je
le connaissais pour avoir été le visiter avec un de mes amis, qui, dans
une situation à peu près semblable à
la mienne, avait eu la fantaisie de
l'acquérir, et qui n'avait reconcé à
son projet que parce que ses affaires
avaient pris une tournure plus favo-

rablé qu'il n'avait lieu de l'espérer.
Cette acquisition se fit sans la moindre dificulté : elle fut à peine con-
sommée que je me hâtai d'y faire
porter tout ce dont je pouvais avoir
besoin. Lorsque tout fut disposé pour
m'y recevoir, je prétextai un voyage
en France pour me distraire, soi-
disant, des chagrins violens dont
j'étais tourmenté. Pour être plus sûr
de mon secret, je n'avais mis personne dans ma confidence. Je ne voulus prendre avec moi qu'un seul
Domestique, sur la fidélité duquel
je pouvais compter, et qui m'était
trop attaché pour me trahir.

» Mon Père essaya vainement de
me détourner de ce projet ; Madame

G 2

Summers et Lady Baltimore firent
aussi des tentatives inutiles à cet
égard. Je déclarai partout la résolution où j'étais de m'expatrier.
Drinck trouva le moyen de remettre
à mon Amélie un billet par lequel je
la prévenais de ne point s'en rapporter à tout ce qu'elle pourrait entendre débiter sur mon compte, et à
persister dans son dessein, en l'assurant, sans m'expliquer d'une manière positive, que nos malheurs
étaient sur le point de toucher à leur
terme. Elle me répondit que je pouvais être tranquille, et qu'elle était
résolue, quand même, ce qu'elle
était bien éloignée de craindre, je
pourrais devenir infidèle, de n'être
jamais à d'autres qu'à moi. J'ai porté

sur mon cœur, tant que j'ai vécu, ce précieux billet, et je l'ai déposé, avant de mourir, parmi les titres de ma famille. »

Le Comte suspendit sa lecture pour chercher ce billet, et le trouva dans l'endroit qui avait été indiqué; l'écriture en était très-lisible, mais les caractères qui portaient encore l'empreinte des baisers sans nombre que l'infortuné Seymour leur avait donnés, en étaient presque entièrement effacés. Ce billet ne portait ni date ni signature. Le Comte l'ayant remis à sa place, continua la lecture que cet incident lui avait fait interrompre.

« Tranquille sur les sentimens

G 3

d'Amélie, j'affectai de publier que je renonçais à sa main, et que je laissais par mon départ le champ libre à mon Rival. Pour mieux donner le change, et écarter de ma conduite tous les soupçons, je m'embarquai à Douvres, et je me rendis à Calais, d'où j'écrivis à mon Père, ainsi qu'à Madame Summers et à Lady Baltimore. Je datai d'autres lettres de Paris, que je chargeai quelqu'un de sûr de faire parvenir à une époque déterminée. Je ne restai pas long-temps à Calais; je gagnai sans délai Boulogne, où trouvant un bâtiment prêt à faire voile pour Portsmouth, je m'embarquai sous le nom de Robert, et mis pied à terre dans ma Patrie sept jours après mon départ.

» Je ne retournai point à Londres,
où j'étais trop connu pour n'être pas
découvert, mais je me retirai dans un
village à quelques milles de la capitale, où l'agent que j'avais auprès
du Lord m'instruisait jour par jour
de ce qui se passait dans sa Maison.
J'appris par son moyen que le Père
d'Amélie avait témoigné beaucoup
de joie de mon départ, et que pour
m'ôter toute espérance, il ne cessait
de presser sa Fille de s'unir au Comte
de Rutland ; mais que, fidèle à ce
qu'elle m'avait écrit, elle lui avait
déclaré de nouveau, qu'elle préférait
une clôture éternelle à l'horreur d'être
l'épouse d'un homme qu'elle ne pourrait jamais aimer, et dont la présence
odieuse lui rappellerait sans cesse

l'idée de celui dont elle emportera l'image et le souvenir dans le tombeau.

» Cependant le délai prescrit à la malheureuse Amélie, venait d'expirer ; Drinck m'instruisit que sous trois jours elle devait partir pour le couvent, où son barbare Père avait résolu de la reléguer. Je pris mes mesures en conséquence; je vins à bout, en semant l'or, de découvrir la route qu'elle devait tenir, et tout succédant au gré de mes vœux, je fis choix pour me seconder, d'un homme sur la fidélité duquel je pouvais compter; je me mis en embuscade dans un bois isolé, par où je savais qu'Amélie devait passer, et j'attendis

le moment favorable pour mettre à
exécution le projet que j'avais formé.
Mes lettres, datées de Paris, qui ar-
rivèrent à l'époque de son départ,
éloignèrent de moi toute idée de
soupçon et tranquillisèrent le Lord
sur les craintes qu'il pouvait avoir.

» Un accident ayant retardé le
voyage d'Amélie, je fus obligé de
l'attendre une demi-journée de plus
que je ne le comptais, ce qui me fit
craindre que le coup ne fût manqué;
mais enfin, mon compagnon, qui se
tenait toujours en avant, pour éclai-
rer sa marche, me dit qu'on décou-
vrait la voiture et qu'elle ne tarde-
rait pas à passer. En effet, je l'aperçus
au bout d'un quart d'heure. Mon

cœur tressaillit de joie et de crainte
en même temps. Nous prîmes, mon
compagnon et moi, des masques dont
nous nous étions munis, à l'effet de
n'être point reconnus. Nous fondî-
mes, au signal donné, sur la voiture
qui ne nous opposa pas la moindre
résistance. Nous étions montés sur
d'excellens chevaux capables de four-
nir une longue traite sans se reposer.
Je pris Amélie entre mes bras et je
m'éloignai du lieu de la scène avec
toute la rapidité de mon cheval. Je
ne m'arrêtai que dans un endroit où
j'étais à l'abri de toute poursuite,
afin d'y prendre du repos et de me remettre en état de continuer ma route.

» Amélie n'était accompagnée que

d'une vieille Gouvernante , qui se
trouva mal quand elle nous vit ar—
river , et de deux Domestiques plus
disposés à prendre la fuite qu'à se
défendre. Nous les continmes par la
menace de leur ôter la vie s'ils
osaient s'opposer à notre dessein.
Mon second, pour leur donner le
change, s'empara de la bourse ; il
coupa les traits et les sangles des
chevaux, et nous nous éloignâmes
après leur avoir bandé les yeux,
pour qu'ils ne pussent pas découvrir
de quel côté nous avions dirigé nos
pas.

» Mon Amélie, qui n'était point
instruite de mon projet, et qui nous
avait pris pour des brigands, avait

perdu connaissance lorsque je la mis
sur mon cheval ; la rapidité de la
course la fit promptement revenir à
elle : je lui dis alors qui j'étais, et
rassurée par ma présence , elle se
laissa conduire au gré de mes désirs.
A notre arrivée dans l'auberge isolée
où nous nous arrêtâmes , je lui fis
part de mes projets ; je ne lui cachai
rien des moyens que j'avais employés
pour la soustraire à la tyrannie de son
Père, et quoiqu'elle combattît mon
dessein , je m'aperçus qu'intérieu-
rement elle ne le désapprouvait pas.

» Nous nous remîmes donc aussitôt en route, et parvenus, après
avoir heureusement passé le canal
de saint Georges, dans un village

où nous étions attendus, nous fûmes unis par un Prêtre Irlandais qui s'était chargé de bénir notre mariage. Je payai généreusement le brave homme qui m'avait si bien secondé, et je le congédiai ne voulant pas que le lieu de ma retraite fût connu de personne. Comme il avait le plus grand intérêt à garder le silence sur ce qui s'était passé, j'étais parfaitement tranquille à son égard, et dans tous les cas son indiscrétion ne pouvait pas m'être nuisible, puisqu'il ne me connaissait que sous le nom de Robert, et qu'il ignorait la route que je devais prendre.

» Je fis monter Amélie sur mon cheval qui était fort doux ; je pris

2.   H

celui de mon fidèle compagnon et je m'éloignai sans délai dans la crainte d'être poursuivi. Malgré les mesures que j'avais prises pour demeurer ignoré, je passai par des chemins de traverse que je connaissais, et cinq jours après l'enlèvement d'Amélie, nous arrivâmes sans aucun accident à l'habitation que j'avais choisie et qui devait nous servir de retraite, en attendant des temps plus heureux.

» Un de mes amis intimes, le seul qui connût mon secret, et dans lequel j'avais mis toute ma confiance, parce que je le savais incapable d'en abuser, m'instruisait exactement de tout ce qui se passait à Londres. Mes lettres datées de Paris, qui arrivè-

rent en même temps que la nouvelle
de l'enlèvement d'Amélie, éloignèrent
de moi tous les soupçons ; on ne doutait pas que je ne fusse en France, et
le Lord, abusé comme les autres,
était fermement persuadé que sa
Fille avait été assassinée par des brigands. Quelque temps après je fis savoir à Lady Spencer, par une voie
indirecte, mais sans lui donner aucun éclaircissement, que sa Fille res-
pirait, et qu'elle pourrait la serrer
dans ses bras, quand des circonstances plus favorables seraient dans
le cas de le permettre. Je devais cette
consolation à cette excellente Mère, et
j'étais bien sûr qu'elle serait assez
maîtresse d'elle-même pour contenir les transports de sa joie et ne

rien   ire paraître qui pût trahir un
secr   de cette importance.

» Nous passâmes, Amélie et moi,
près d'une année dans ce lieu sauvage, livrés à nous-mêmes et sans
avoir éprouvé un seul moment d'ennui. L'amour nous suffisait, et nos
occupations que nous savions varier
à l'infini, remplissaient tout notre
temps et ne nous laissaient aucun
vide. Le hasard me fit découvrir les
souterrains qui depuis ont reçu
notre dépouille mortelle, et dont la
connaissance me fit d'autant plus de
plaisir, qu'en cas de besoin ils
pouvaient nous offrir une retraite
assurée, attendu qu'ils communi-
quaient au dehors par une issue se-

crète qu'il était impossible de découvrir.

» Amélie donna bientôt le jour à
un Fils qu'elle nourrit elle-même :
cet enfant, unique objet de nos affections, resserrait encore le tendre
lien qui nous unissait : heureux l'un
par l'autre, nous ne regrettions rien,
et nos plaisirs, bien au-dessus de
ceux que pouvaient nous offrir le
Monde, avaient le charme de se
renouveler sans cesse, sans nous
faire éprouver la moindre satiété.

« Telle était notre situation, lorsque je reçus l'avis que mon Père
venait de mourir : je le regrettai
sincèrement, parce que je n'avais eu

H 3

qu'à me louer de ses bons procédés
à mon égard, et ma plus grande
peine était de ne lui avoir point
fermé les yeux. Cet événement ren-
dait ma présence nécessaire à Londres; il m'en coûtait beaucoup pour
me séparer d'Amélie; mais la nécessité m'y contraignit, et je fus
obligé de m'y soumettre. Je laissai
mon Épouse entre des mains sûres et
fidèles, et je la quittai, non sans regret d'être forcé de l'abandonner.

» Je me rendis à Londres comme
arrivant de France, et je me hâtai
de terminer mes affaires qui me
retinrent néanmoins plus long-temps
que je ne m'y étais attendu. Comme
j'étais Fils unique, je n'éprouvai que

des difficultés de forme par lesquelles il me fallut passer. Je fis transporter dans ma retraite mes effets les plus précieux, les titres de ma famille, les bijoux et les pierreries de ma Mère, qui formaient un objet considérable, et ayant donné ma procuration pour régir mes biens pendant mon absence, à l'Intendant de mon Père, qui était un homme probe, et sur la fidélité duquel je pouvais compter, je me disposai à partir pour un long voyage que j'annonçai de voir faire dans les différentes cours de l'Europe.

» Mon premier soin, pendant mon séjour à Londres, avait été de voir Madame Summers et Lady Balti-

more , qui me firent l'accueil le plus
tendre. Je me trouvai plusieurs fois
avec la Mère d'Amélie , à laquelle
je fis part de la naissance de mon
Fils. Je ne leur cachai rien de tout
ce qui nous était arrivé ; je ne leur
tus que le lieu de ma retraite ,
qu'elles eurent la discrétion de ne
me point demander. Lady Spencer
me confirma , ce que mon ami m'a-
vait déjà mandé , que son Époux
ne me soupçonnait en aucune manière de l'accident arrivé à sa Fille,
que les gens qui l'accompagnaient,
avaient pour se justifier , grossi le
récit qu'ils en firent de circonstances
tout-à-fait étrangères , puisqu'ils
assurèrent l'avoir vue poignarder
dans le bois par le chef de la bande

des voleurs, après l'avoir dépouillée
de ses effets les plus précieux. La
persuasion dans laquelle était le
Lord , ne laissait pas que de me
tranquilliser, en ce qu'elle me mettait à l'abri de ses recherches ; mais,
quoiqu'il n'eût aucun soupçon sur
mon compte , il n'en était pas moins
animé contre moi, parce qu'il me
regardait comme l' premier auteur
du malheur de sa Fille , dont sans
l'événement du bal , il n'eût pas été
obligé de se séparer : ainsi l'homme
injuste trouve toujours des moyens
de pallier ses torts en les rejetant
sur ses victimes.

» Madame Summers , Lady Baltimore et la Mère d'Amélie ne purent

me voir partir sans verser des larmes;
nous nous fîmes les plus tendres
adieux, et nous nous séparâmes avec
l'espoir de nous réunir, lorsque des
circonstances plus favorables le permettraient ; ce fut la dernière fois
que je les serrai dans mes bras ; la
peine que nous eûmes à nous quitter, semblait être le présage de notre
éternelle séparation.

» Libre de tout embarras, je me
rendis avec le plus vif empressement
dans la retraite chérie où je devais
me réunir à l'objet de tous mes vœux.
Je pris néanmoins les précautions
que je jugeai nécessaires ; pour empêcher qu'on ne pût suivre mes
traces, dans le cas où l'on aurait eu

des soupçons contre moi. Je trouvai
mon Amélie jouissant de la meilleure
santé, ainsi que mon petit Edouard,
c'était le nom que je lui avais donné;
je les accablai des plus tendres caresses : la situation où je me trouvais était délicieuse; pourquoi faut-il
qu'elle ait si peu duré ? Peu de
temps après mon retour, je reçus
les effets précieux que j'avais desti-
nés à m'être envoyés; je les déposai
dans un grand coffre de fer que j'a-
vais acheté à cet effet, et que je
plaçai moi-même dans le souterrain. Je mis dans une cassette de
bois de cèdre que je m'étais pareillement procurée, les titres de ma
famille, et les diamans de ma Mère,
et je l'enfermai dans le grand coffre,

remettant à en faire usage dans un temps plus heureux.

» Je vécus encore près d'une année dans le calme le plus profond, toujours adoré d'Amélie, et ne respirant que pour elle. Mon Fils commençait à bégayer le tendre nom de Père, et ses manières enfantines nous délassaient agréablement des ennuis de notre solitude, qui, comme je l'ai dit plus haut, ne nous tourmentaient pas beaucoup, parce que tous nos momens étaient remplis de manière à ne point laisser l'ennui parvenir jusqu'à nous. Mais le bonheur même a son terme, et ce fut au moment où je jouissais de la tranquillité la plus profonde, et d'une paix que je

croyais inaltérable, que j'éprouvai le
revers le plus cruel dont il soit possible de se former une idée.

» Pendant qu'Amélie veillait auprès de son enfant, qui dormait ré-
gulièrement après le dîner, j'avais
habitude de me rendre sur le sommet de la montagne où je m'amu-
sais, soit à pêcher dans le lac des
poissons que nous trouvions excellens, et qui nous fournissaient une
nourriture abondante et saine, soit
à nourrir les différens volatiles que
j'y avais rassemblés, et à ramasser
leurs œufs, qui nous procuraient une
ressource agréable. Un jour que je
venais d'y monter, suivant ma coutume, j'éprouvai tout à coup un

serrement de cœur , dont je ne pus me défendre ; les idées les plus sombres vinrent assiéger mon imagination , et la terreur qui s'empara de mon âme était telle que je m'imaginai entendre la voix d'Amélie qui semblait m'appeler à son secours. Je voulus m'étourdir et surmonter cette frayeur que je regardais comme vaine et ridicule ; mais il me fut impossible de la vaincre ; et poussé par un instinct que je ne pus définir , je descendis avec précipitation.

» Je crus entendre en approchant , des cris plaintifs ; plus j'avançai, et plus ils devinrent frappans ; enfin , je reconnus la voix d'Amélie ; je courus à elle avec la plus grande précipitation. Mais quel spectacle horrible s'offrit à mes yeux en entrant dans la chambre où je l'avais laissée, il n'y avait pas une heure. Je la trouvai étendue sur le carreau, privée de connaissance et baignant dans son sang, qui sortait à gros bouillons de son sein, percé de trois coups de poignard. Je commençai par bander ses plaies du mieux qu'il me fut possible pour en arrêter l'effusion, et je lui fis respirer ensuite des eaux spiritueuses qui la rappelèrent à la vie.

» Elle eut à peine ouvert les yeux, que, me voyant près d'elle, un rayon de joie parut animer ses regards mourans. Elle ne pouvait pas

I 2

encore parler ; mais elle me serrait
la main autant que ses forces épuisées pouvaient le lui permettre. Enfin
la parole lui revint au bout de quelques momens ; elle me fit asseoir auprès d'elle ; je passai pour la soutenir, mon bras autour de son corps,
et reposant sa tête sur mon épaule :
Cher Epoux, me dit-elle, *il faut*
nous séparer : le sort, jaloux de
mon bonheur, en a voulu borner
le cours ; mais du moins je meurs
satisfaite, puisque j'emporte dans
le tombeau le nom de ton Epouse,
et que j'ai la consolation de te sa-
voir échappé au complot affreux
dont je suis la victime.

» Une faiblesse l'obligea de s'ar-

rêter ; les secours que je lui prodiguai la ranimèrent assez pour lui
donner la force de m'apprendre,
qu'un quart-d'heure environ après
que je l'eusse quittée pour me rendre
sur le sommet de la montagne, d'où
je crus entendre ses cris, trois hommes étaient entrés tout à coup dans
sa chambre, sans qu'elle sût comment ils avaient pu s'y introduire.
Les masques dont ils avaient eu la
précaution de se couvrir, l'avaient
empêchée de distinguer leurs traits;
mais la voix de l'un d'eux qu'elle
crut reconnaître, lui fit présumer
qu'ils étaient attachés à son Père.
Un de ces assassins s'empara de son
Fils, et l'emporta malgré les cris
aigus de cette innocente Créature,

I 3

qui appelait sa malheureuse **Mère**
à son secours. Elle présumait qu'on
s'en était promptement débarrassé,
parce que ses cris avaient cessé presque au même instant qu'il avait dis-
paru. Les deux autres se saisirent
de sa personne, et la frappèrent avec
des poignards qu'ils portaient à leur
ceinture. Comme elle perdit connaissance au même instant ; proba-
blement ils la crurent morte, et la
laissèrent baignée dans son sang.

» Je laisse à juger de la situation
où je devais être en écoutant cet
affreux récit ; mais j'oubliai tout
pour ne m'occuper que de secourir
Amélie, et de tâcher de conserver
ses jours : ce miracle était au-dessus

de tous les efforts humains ; elle s'af-
faiblissait à vue d'œil, et en moins
d'une heure, elle expira dans mes
bras ; heureuse, me dit — elle, de
mourir près de moi, et en me re-
commandant de ne point chercher à
venger sa mort.

» Dès qu'elle eut rendu le dernier
soupir, je la traînai plutôt que je
la portai sur son lit, car j'étais moi-
même dans un état peu différent du
sien. Cependant, l'idée de chercher
mon Fils me rendit des forces ; je
sortis et je visitai tous les environs
pour tâcher d'en découvrir quelques
traces. Je n'étais pas moins inquiet
de mes deux Domestiques, par le
moyen desquels j'espérais d'appren-

dre quelques détails qui pussent m'é-
clairer sur la scène affreuse qui venait de se passer presque sous mes
yeux; mais ils avaient disparus, et
je ne les ai pas revus depuis, ce qui
me donna lieu de soupçonner leur
fidélité.

» Les traces encore fraîches des
chevaux que je remarquai à la porte
de ma maison, me firent connaître
que les assassins étaient au nombre
de quatre, dont trois seulement
avaient pénétré dans l'intérieur pour
consommer le crime atroce dont la
vengeance la plus barbare avait pu
seule concevoir l'idée. La cessation
subite des cris de mon enfant, des
traces de sang que je remarquai dans

la pièce qui précédait celle où mon
Epouse avait été poignardée, tout
me confirma dans l'idée qu'il n'existait plus ; mais ce fut vainement
que je cherchai son cadavre dans
les environs, et je présumai que les
assassins avaient pris toutes les précautions nécessaires pour ne laisser
au – dehors aucun indice de leur
crime.

» Ce fut aussi inutilement que
j'attendis le retour de mes Domestiques, que la crainte pouvait avoir
éloignés ; mais plusieurs jours s'é-
tant passés sans qu'ils reparussent, je
ne doutai plus, ou que je n'eusse
été trahi par eux, ou qu'ils ne fussent
tombés les premières victimes de

complot tramé contre moi : mais
il était plus probable qu'ils avaient
découvert ma retraite, et s'étaient
enfuis avec les assassins, qui peut-
être s'en étaient défaits dans un
endroit plus éloigné pour ensevelir
avec eux la mémoire de leur crime.

» Rentré dans l'intérieur de ma
retraite, dans laquelle je m'enfermai,
je restai pendant toute la nuit assis
près du lit d'Amélie, et plongé dans
les réflexions les plus déchirantes.
Je formai mille projets que j'aban-
donnai presque aussitôt qu'ils étaient
conçus : celui qui flattait le plus
mon imagination exaltée par l'espoir d'une juste vengeance, était
d'aller trouver le Lord, de l'obliger

à se battre, et de tomber sous ses coups, ou d'épuiser jusqu'à la dernière goutte de son sang en expiation du meurtre odieux dont il s'était rendu coupable; mais j'y renonçai de même qu'aux autres, non que je craignisse la mort, elle était le plus cher de mes vœux; mais il me répugnait de souiller mes mains d'un sang aussi vil.

» A la fin je fis un effort sur moi-même; je me relevai avec courage, et ramassant toutes mes forces, je pris une résolution digne de mon caractère et convenable à la circonstance où je me trouvais. Amélie n'existait plus; mon Fils pour qui j'aurais eu le courage de supporter

l'existence, l'avait précédée ou suivi
de près dans la tombe : qu'avais-je
besoin d'exister ? Je résolus de ne
point survivre à mon Amélie, et
j'étais trop plein du désir de la
suivre, pour ne pas exécuter mon
projet.

« Je commençai par creuser une
fosse dans la salle la plus reculée du
souterrain, pour recevoir son corps :
ce travail achevé, je l'y déposai,
après l'avoir arrosé de mes larmes
et couvert de mes derniers baisers.
Je traçai sur le mur, au pied duquel
Amélie étoit enterrée, une inscription qui annonçait en peu de mots
ce que contenait ce dépôt funèbre.
J'écrivis ensuite sur le présent cahier

de parchemin l'histoire de mes malheurs, me proposant de le renfermer avant de terminer mon sort,
dans le coffre de bois de cèdre,
qui contenait mes effets les plus
précieux.

» Si ce tableau fidèle de mes
infortunes, parvient jamais à la
connoissance des hommes, il ne
pourra qu'exciter la pitié des âmes
sensibles; c'est pour elles seules que
je l'ai tracé.

» Ma tombe est creusée près de
celle de mon Épouse; le poignard
qui doit m'arracher le jour, est
prêt à me frapper, dès que j'y serai
descendu. J'ai pourvu à ce que des

2.   K

mains profanes et spoliatrices ne
souillassent point nos restes; l'heure
fatale sonne ; dans un moment je
n'existerai plus.

~~~~~~

CHAPITRE XI.

Berthe avait prêté la plus grande attention au récit touchant des infortunes du jeune Seymour ; des larmes s'étaient même échappées de temps en temps de ses yeux attendris. Les malheureux sont toujours sensibles ; et la lecture des Mémoires de cette victime d'une vengeance atroce, n'avait pu qu'intéresser son cœur naturellement accessible à la pitié. Lorsque le Comte eut fini : « Il est donc vrai, s'écria-t-elle, qu'il a de tout temps existé des hommes

K 2

capables de commettre de pareils
crimes. Pauvre Amélie, que je te
plains! Mais, que dis-je? tu reposes
près de ton Époux, et moi!..... »
En prononçant ces mots, elle tomba
dans une mélancolie profonde, dont
le Comte et sa femme eurent beaucoup de peine à la tirer. Enfin la vue
de son enfant que Brigitte lui ramena, et qui la couvrit de ses inno-
centes caresses, lui rendit quelque
sérénité, et ramena peu à peu le
calme dans son esprit.

Un des premiers soins du Comte,
fut de rendre les derniers devoirs
aux restes inanimés de l'infortuné
Seymour : c'était une tâche pénible,
mais que l'humanité lui prescrivait,

et il se hâta de la remplir. Il ignorait s'il existait encore des rejetons de sa Famille, et se proposait de s'en informer, afin de leur rendre et les titres et les richesses qui leur appartenaient; mais il remit à s'occuper des recherches nécessaires à cet égard, lorsqu'il serait dans le cas de faire un voyage à Londres, d'où il était revenu depuis peu de temps.

Il avait vu le Roi deux fois différentes pendant le peu de séjour qu'il y fit, et il avait trouvé ce Prince digne d'un meilleur sort dans la même situation. Toujours malheureux, toujours s'occupant du souvenir de Berthe, il ne faisait trève à ses longs ennuis qu'en travaillant au

K 3

bonheur de ses Sujets, qui n'avaient
jamais été plus heureux ni plus
tranquilles, et qui ne cessaient de
bénir le moment où il était monté sur
le Trône. La naissance d'un second
Fils (1) qui, dans toute autre cir—

---

(1) Ce Fils fut son Successeur ; il
régna sous le nom de Henri VIII, qu'il
rendit célèbre par ses cruautés et par
la nouvelle face qu'il fit prendre à
l'Angleterre, en se séparant de l'E-
glise Romaine , et en créant une
Religion qui est encore aujourd'hui
la seule dominante dans les trois
Royaumes. Il eut six femmes, dont
deux (Anne de Boulen et Catherine
Howard) périrent sur l'échafaud , et
la dernière de toutes (Catherine Pars)

constance, l'aurait comblé de joie, ne le toucha que médiocrement. Il

---

fut sur le point de subir le même sort. Bizarre dans ses guerres comme dans ses amours, et surtout dans ses opinions, il fit périr de mort violente tous ceux qui paraissaient vouloir les combattre. Le Cardinal Jean Fischer, Thomas Morus, et plusieurs autres personnages illustres, ennemis de sa nouvelle Doctrine, portèrent leur tête sur l'échafaud. Henri poussa plus loin ses violences ; il ouvrit les maisons Religieuses et s'appropria tous leurs biens. Des dépouilles des Couvens, il acheta des plaisirs, et fonda six nouveaux Évéchés. Quoiqu'il se déclarât contre le Pape, il ne voulut être ni

était d'autant plus à plaindre, que
la cause de sa mélancolie n'était con—

***

Luthérien ni Calviniste. Il déclara
qu'il ne prétendait point s'éloigner
des articles de foi reçus par l'Église
Romaine, comme si ce n'était pas s'en
éloigner, que d'y introduire tous les
changemens qu'il jugea à propos d'y
faire Son amour pour une femme, et
l'obstination du Pape, Clément VII,
qui ne voulut point autoriser son di-
vorce avec Catherine d'Aragon, sa
première femme, opérèrent cette ré-
volution qui rendit l'Angleterre indé-
pendante de la Cour de Rome. Tous
eeux qui ont étudié ce Prince avec
quelque soin, dit l'Abbé Raynal,
n'ont vu en lui qu'un ami faible, un

nue que de lui seul, et la plaie de
son cœur était si profonde, qu'il

---

allié inconstant, un amant grossier,
un mari jaloux, un père barbare, un
maître impérieux, un Roi despotique
et cruel. Pour le peindre d'un seul
trait, il suffit de répéter ce qu'il dit à
sa mort : *qu'il n'avait jamais refusé
la vie d'un homme à sa haine, et
l'honneur d'une femme à ses désirs.*
L'attachement à ses opinions, et l'o-
piniâtreté puisée dans l'étude de la
Scolastique, le rendirent d'abord con-
troversiste, et enfin tyran. Il perdit
dans les plaisirs, ou dans de vaines
occupations, le temps qu'il aurait dû
employer à approfondir les principes du Gouvernement. Une confiance

n'y avait pas d'apparence qu'il pût
en guérir jamais.

---

aveugle en ses ministres, le réduisit à
se voir, durant la moitié de son règne,
le jouet de leurs passions ou la victime de leurs intérêts : l'autre partie
fut employée à troubler le repos de
son Royaume, à l'inonder de sang, et
à l'appauvrir. Fils d'un Père à qui l'on
a reproché d'être avare; mais qui ne le
fut peut-être que parce qu'il connaissait le prix de l'argent; il ruina ses
Sujets par des profusions non moins
extravagantes que criminelles, et ce
fut encore le moindre des maux qu'il
fit à l'Angleterre. Ce Roi barbare, à
qui l'on ne pouvait refuser néanmoins
des connaissances assez profondes, et

Cependant Blanche commençait à grandir; elle ignorait que Berthe fût sa Mère; elle ne l'appelait que sa Sœur, et Madame de Rieux passait dans son esprit pour lui avoir donné le jour. Ses traits étaient charmans, et par un jeu de la Nature tout-à-fait singulier, elle ressemblait parfaitement, soit à son Père, soit à sa Mère, selon le point de vue sous lequel on l'envisageait. Son esprit, que l'on cultivait avec soin,

---

qui eût pu devenir un grand homme, si la mort prématurée de son Père ne l'eût pas livré, trop jeune encore, à lui-même, mourut en 1547, âgé de 57 ans, après en avoir régné 38. (Note de l'Éditeur.)

annonçait beaucoup de justesse et
de vivacité ; mais c'était par la bonté
de son cœur et la douceur de son
caractère qu'elle méritait surtout
d'être aimée.

Berthe, dans ses momens de loi-
sirs, s'amusait à dessiner et même
à peindre : c'était une de ses occupations favorites. Le goût qu'elle
avait montré pour les Beaux-Arts,
qui commençaient à renaître en Europe, et que son Père lui-même qui
les aimait beaucoup, avait eu soin
de cultiver, lui était d'une grande
ressource dans sa retraite pour s'arracher à l'ennui que devait lui causer sa situation. Elle avait représenté Richemont de toutes les ma-

nières, et sa ressemblance, quoique
l'imagination seule y eût part, était
si frappante, qu'il était impossible
de s'y méprendre. Blanche, que sa
Mère avait élevée dans les mêmes
principes, maniait aussi le crayon
et même le pinceau. Berthe s'était
empressée de lui montrer le dessin,
et elle y avait fait des progrès assez
rapides. Lorsqu'elle se sentit assez
habile, elle imagina de peindre dans
un même tableau Berthe et Henri
se tenant par la main, et montrant
un Autel de gazon émaillé des plus
belles fleurs, sur lequel elle avait
figuré une statue de l'Amitié : elle
était le troisième personnage de cette
Allégorie ; montée sur un banc de
verdure qui s'élevait derrière eux,

2. L

elle posait sur leur tête une couronne
de fleurs.

Elle avait si bien pris ses mesures,
qu'elle était venue à bout de terminer ce tableau, sans que personne
en eût connaissance : il lui avait été
d'autant plus facile de le dérober
à tous les regards, que ce n'était
qu'une espèce de miniature, dans
une proportion néanmoins un peu
plus grande que celle de ces sortes
d'ouvrages. Lorsqu'elle jugea le
sien assez bien fini pour pouvoir
être montré, elle saisit un matin
le moment où sa Mère n'était pas
dans sa chambre, pour le placer au-
dessus de son secrétaire, dans un
endroit tout-à-fait apparent. Berthe

rentra peu de temps après, et jeta
un cri de surprise en l'apercevant.
Elle se douta bien que ce ne pouvait être que l'ouvrage de Blanche.
Elle courait la chercher pour la
féliciter sur son travail, qui était
effectivement au-dessus de ce qu'on
pouvait attendre de son âge, lorsque sa jeune élève, qui avait épié
le moment de son retour, parut devant elle, comme par hasard. Berthe
la prit dans ses bras, et la serrant
tendrement contre son sein : « Tu
as réussi, Blanche, bien réussi, lui
dit-elle ; ce sont ses traits, c'est lui-
même, c'est lui ; tiens, regarde. »
Elle tire en même temps une miniature qu'elle portait à son cou :
cette miniature était renfermée dans

un médaillon en or, qui s'ouvrait au moyen d'un secret dont elle avait connaissance, et qui n'annonçait rien de ce qu'il pouvait contenir. Oubliant qu'elle avait sa Fille pour témoin, elle porta plusieurs fois ce portrait à ses lèvres, en versant un torrent de larmes. Elle le remit ensuite à Blanche, qui, par un mouvement involontaire, le couvrit elle-même à plusieurs reprises des baisers les plus tendres. Elle ne se lassait point de le regarder, et de le porter alternativement à sa bouche avec un respect religieux, dont elle ne pouvait expliquer la cause.

Enfin après cette scène muette, qui ne laissa pas que de durer :

« Ma Sœur, dit-elle à Berthe ; car c'était ainsi qu'elle avait coutume de la nommer, ne se doutant point qu'elle pouvait être sa Mère ; ma Sœur, il me vient une idée que tu trouveras peut-être bizarre, mais qui plaît trop à mon cœur pour te cacher plus long-temps le vœu qu'elle me met dans le cas de former. Je ne sais pourquoi ; mais je donnerais tout au monde pour que Richemont fût mon Père, et qu'au lieu de t'appeler ma Sœur , je pusse te donner le tendre nom de Mère. Qu'il serait doux pour mon cœur de pouvoir le prononcer ! Quelle jouissance pure ce nom sacré répandrait dans mon âme ! Toutes les fois que l'image de Richemont

s'offre à mes regards, je me sens
pénétrée de tendresse et de respect.
Ce sont ces sentimens qui ont guidé
mes pinceaux, et qui m'ont fait
surmonter toutes les difficultés de
mon entreprise. Dis-moi donc ce
qui cause en mon cœur ce mouvement extraordinaire que je cherche
vainement à définir. Où l'as-tu
connu cet homme étonnant, si digne
de mes hommages, et que je vou-
drais voir une fois, une seule fois,
dussé-je au même instant perdre la
vie? Oui, j'en ferais volontiers le
sacrifice, pour jouir de cet ineffable
bonheur. Est-il vivant? est-il heureux? Pourquoi ne vient-il pas ici?
Que j'aurais de plaisir à contempler ses traits, à pouvoir tomber à

ses genoux, et le serrer dans mes
bras, si tu daignais le permettre !
Réponds-moi, ma Sœur, satisfais
ma juste impatience ; ne me re-
fuses pas des détails dont je sens
que mon cœur a besoin. Ne le ver-
rons-nous jamais ? — Cela n'est pas
possible, ma chère amie, lui répondit Berthe ; j'ai connu beaucoup
Richemont avant nos malheurs ;
mais il n'existe plus pour nous ; une
barrière insurmontable nous sépare.
— Il est donc vivant ? reprit Blanche
avec vivacité. Ah ! je suis plus satisfaite ; j'espère qu'un jour.......
— Non, jamais, jamais ; cesse de te
flatter d'une espérance vaine ». Et
pour éviter la suite des questions de
Blanche, qui auraient pu l'embar-

rasser, Berthe se renferma dans son cabinet, dont l'entrée était interdite à tout le monde, et dans lequel, malgré ses instances réitérées, sa Fille n'avait jamais pu pénétrer.

Il s'était passé près d'une année depuis l'événement du tableau : Blanche renouvelait assez souvent ses questions à sa Mère, qu'elle ne cessait d'entretenir de Richemont et des lieux qu'il habitait; mais, d'accord avec le Comte et la Comtesse', elle éludait toujours de la satisfaire. Elle n'avait pas été plus heureuse du côté de ceux qu'elle regardait comme les Auteurs de ses jours; leurs réponses vagues et indéterminées la jetaient dans une perplexité

d'autant plus cruelle, que son imagination était ardente, et que les
obstacles, au lieu de calmer ses désirs, ne faisaient que les aiguiser.
Comme elle touchait à sa quinzième
année, et qu'elle avait l'esprit extrêmement formé pour son âge, elle
soupçonnait avec raison quelque
mystère dans la conduite qu'on tenait
avec elle; mais les mesures étaient
si bien prises, qu'il lui étoit impossible de le pénétrer.

Vers le même temps, le Comte
de Rieux s'aperçut avec chagrin
que la santé de Berthe, qui avait
résisté jusqu'alors à toutes les tra-
verses qu'elle avait essuyées, commençait à s'altérer : il communiqua

ses craintes à sa femme, qui de son
côté avait fait la même remarque,
et qui n'était pas sans inquiétude à
cet égard. L'intérêt qu'ils prenaient
tous deux à sa conservation, et le
droit qu'ils avaient à toute sa confiance, leur firent hasarder quelques
conseils à la Princesse, dont ils étaient
les amis les plus sincères. Ils la pri-
rent un jour en particulier, et ne lui
cachèrent pas combien ils voyaient
avec douleur que le temps, au lieu de
la calmer, ne faisait qu'ajouter à ses
tourmens. Ils la conjurèrent, au
nom de l'attachement qu'ils avaient
pour elle; de leur ouvrir son cœur
et de chercher auprès d'eux des con-
solations, en épanchant sa douleur
dans leur sein.

« Je me suis aperçue comme vous,
leur dit Berthe avec amitié, que ma
santé s'altérait, et que mes forces
épuisées diminuaient de jour en jour;
c'est en vain que j'ai voulu me le dissimuler à moi-même; je suis forcée
d'en convenir; j'ajouterai plus : ma
guérison n'est pas au pouvoir des
hommes. Le mal est là, poursuivit-
elle en leur montrant son cœur, et
la mort seule pourra mettre un
terme à mes longs chagrins. Il serait
peut-être possible néanmoins d'en
reculer l'effet; mais dois-je vous
avouer ma faiblesse ? Vous êtes
loin, mes bons, mes fidèles amis, de
soupçonner la cause de la langueur
que j'éprouve depuis plusieurs mois.
Je l'ai long-temps tenue secrète, et

je ne la divulguerais pas encore aujourd'hui, si votre tendre amitié ne
m'en faisait une loi. Apprenez donc
que je brûle du désir le plus ardent
de voir encore une fois Henri, avant
que la mort, dont je sens les appro-
ches, vienne me précipiter dans la
nuit du tombeau ; non que je veuille
lui parler et porter, par ma présence,
le trouble dans son sein ; à Dieu ne
plaise que j'en aie conçu le bizarre
projet ; mais je désirerais qu'il me
fût possible de l'entrevoir sans en
être aperçue. Ne pourrai-je pas,
mêlée dans la foule du Peuple, qui
s'empresse sur ses traces, en bénis-
sant son nom, jouir du bonheur de
contempler ses traits chéris, en adres-
sant des vœux secrets au Ciel pour la

prolongation de ses jours et la pros-
périté de son règne. Il me semble que
cette satisfaction verserait sur les
plaies de mon cœur un baume con-
solateur, qui les rendroit moins cui-
santes. Voyez, réfléchissez sur ma
proposition ; si vous entrevoyez
quelque moyen de me satisfaire, ne
négligez rien pour en hâter le moment. Je ne vous cache pas que s'il
tardait trop, il ne serait peut-être
plus en votre pouvoir de me rendre
ce service, que je regarderai comme
un des plus essentiels que je puisse
vous devoir. Je m'en rapporte à cet
égard entièrement à vous. »

Le Comte essaya, dans les premiers momens, de combattre ce

2.   M

projet par toutes les raisons qui
pouvaient en faire sentir le danger;
et en effet l'image de Berthe était
trop profondément gravée dans le
cœur de Henri, pour qu'il n'en ré-
sultât pas les inconvéniens les plus
graves, s'il venait par hasard à la
remarquer ; mais voyant que son
exécution flattait infiniment la Princesse, qui paraissait y attacher la
plus grande importance, et craignant
qu'une plus longue résistance n'al-
térât de nouveau sa santé, qui,
depuis l'aveu qu'elle avait fait, semblait vouloir se raffermir, il s'occupa
sérieusement des moyens de la satisfaire, en prenant néanmoins toutes
les précautions que la prudence pourrait lui suggérer. Le temps pressait

d'autant plus que la saison commençait à s'avancer, et qu'il était
essentiel d'être de retour au souterrain avant l'hiver.

Berthe, le Comte et sa femme ar-
rêtèrent en conséquence de se rendre
à Londres le plus promptement possible : les préparatifs qu'ils avaient
à faire pour ce voyage n'étaient ni
longs ni difficiles. Une fois rendus
dans la capitale de l'Angleterre, le
Comte s'y occuperait des moyens de
placer la Princesse sur le passage du
Roi, de manière qu'elle pût le voir
sans en être remarquée. C'était le
plus embarassant, parce que les traits
de sa figure, quoique un peu altérés
par l'âge et les chagrins, étaient néan-

moins encore assez frappans pour fixer
ses regards, s'il venait à les porter de
son côté. Munis de tout ce qui leur
était nécessaire, ils se mirent en
route et parvinrent à Londres sans
avoir éprouvé la plus légère contra-
riété. Loin que les fatigues du voyage
eussent produit la moindre impression fâcheuse sur la santé de Berthe,
elle paraissait au contraire tout-à-
fait raffermie, et ses yeux long-temps
abattus avaient repris leur ancien
éclat. Blanche accompagnait sa Mère,
et ce n'était pas un médiocre plaisir
pour elle, qui n'étoit jamais sortie
du souterrain où elle avait reçu le
jour, et pour qui tout offrait un
spectacle nouveau.

CHAPITRE XII.

Arrivés à Londres, le Comte, qui connaissait parfaitement cette ville pour y avoir assez long-temps séjourné dans les différens voyages qu'il y avait faits, choisit un logement convenable dans un des quartiers les plus retirés, où il leur serait facile, au moyen des noms supposés qu'ils avaient pris de rester absolument inconnus. Ce ne fut pas sans une satisfaction bien douce qu'il remarqua l'heureux changement qui s'opérait à l'égard de la Princesse.

M 3

Elle semblait reprendre de nouvelles
forces en se rapprochant des lieux
qu'habitait son Époux. Une joie pure
perçait à travers sa mélancolie, ou
plutôt ne laissait plus apercevoir que
là sérénité de son âme.

Dès qu'ils furent remis des fatigues
de leur voyage, qui avait été long
et pénible, le Comte s'occupa sans
délai des moyens de remplir les intentions de Berthe, et le but de son
séjour à Londres. Il existait dans le
Palais du Roi une vaste galerie qu'il
traversait dans toute sa longueur,
lorsqu'il allait à la Messe, ou qu'il
sortait, soit pour se rendre au Par-
lement, soit pour visiter ses maisons
de plaisance. Ce fut là qu'il résolut

de placer la Princesse, pour le voir
passer, de manière à n'en être point
remarquée, étant confondue dans la
foule qui s'empressait toujours, lorsqu'il s'agissoit de voir le Roi, qui
était généralement aimé. Le Comte
choisit de préférence un Dimanche,
attendu que le concours du Peuple
étant plus considérable ce jour-là
que les autres, Berthe risquait moins
d'être reconnue.

Une circonstance assez singulière,
qu'il est à propos de ne point passer
sous silence, exigeait impérieuse-
ment cette mesure. Quelques jours
après l'arrivée de la Princesse à Londres, Blanche avait été se promener
dans les jardins du Palais avec Bri-

gitte, qui les avait accompagnés. Le
hasard voulut qu'au détour d'une
allée, le Roi suivi de quelques Courtisans, vint à passer tout à coup. La
ressemblance parfaite qu'elle avait
avec sa Mère le frappa au point qu'il
s'arrêta comme involontairement
pour la fixer. Un moment après il
poursuivit sa route, sans rien témoigner de sa surprise et de l'effet
que sa vue avait produit sur son
cœur ; mais c'était par prudence
qu'il en avait agi de la sorte. Il
chargea, sans affectation, un de ses
Officiers qui avait sa confiance, de
rejoindre les deux personnes qu'il lui
désigna, et de prendre de la plus
âgée des informations sur la plus
jeune, dont la vue l'avait singuliè-

rement frappé. Brigitte répondit à
cet Officier, conformément aux ins-
tructions qui lui avaient été don-
nées en cas de besoin, que c'était la
fille d'un Négociant de Liverpool,
qui était venue à Londres avec son
Tuteur, pour une affaire de la dernière importance, et qui était sur
son départ. Les ordres de l'Officier
ne s'étendant pas plus loin, il se retira en leur demandant excuse de la
liberté qu'il avait prise de les interrompre dans leur promenade, et
colora sa démarche du prétexte de la
ressemblance qu'il trouvait entre la
jeune Miss et une Dame qu'il avait
connue autrefois en Bretagne, à la
Cour de François II, au service duquel
il avait été long-temps attaché.

A l'égard de Blanche, elle avait
reconnu le Roi dès le premier coup
d'œil pour ce même Richemont que
sa Mere avait peint de toutes les manières, et qu'elle-même avait représenté dans le tableau qu'elle lui
avait offert. Cette découverte lui
donnait beaucoup à penser; mais
ses idées étaient si confuses qu'il lui
était impossible de démêler ou
même de soupçonner la vérité. Ce
fut vainement qu'elle interrogea
Brigitte à cet égard; elle était trop
prudente pour lui dire la moindre
chose qui pût lui donner des soupçons.

De retour à la maison, Blanche
accabla sa Mere de questions, rela-

tivement à la ressemblance du Roi
avec Richemont ; Berthe lui répondit
d'abord qu'elle ne provenait que
d'un jeu de la Nature, qui n'avait
rien que de fort ordinaire ; mais
cette solution ne la satisfaisant point,
parce qu'elle avait trop d'esprit et
de pénétration pour y croire, elle
renouvela ses observations de manière à souvent embarrasser la Princesse, qui, malgré qu'elle se tînt sur
ses gardes, finit plusieurs fois par
se contredire, ce qui n'échappa pas
à la pénétration de sa Fille. Enfin,
elle consulta le Comte et sa femme
sur ce qu'elle avait de mieux à faire
en cette occurrence, et d'après leur
avis, elle dit à Blanche qu'elle la
satisferait sur toutes ses questions,

lorsqu'elle aurait dix-huit ans ac-
complis, et lui enjoignit, une fois
pour toutes, de ne les point renouveler jusqu'à cette époque, attendu qu'elle prendrait une peine
inutile.

Le Dimanche arrivé, le Comte
conduisit Berthe, à l'heure convenable, dans la galerie où il avait
déterminé de la placer de manière
à voir le Roi, lors de son passage,
sans en être remarquée. Elle était
accompagnée de la Comtesse et de
sa Fille, et vêtue de manière à ne
point attirer les regards : le Comte,
qui ne voulait pas être vu, se tenait
dans l'embrasure d'une fenêtre, et
tournait le dos de façon à n'être pas

apperçu par Henri. Lorsqu'il parut, sa vue fit une telle impression
sur l'âme de l'infortunée Princesse,
qu'elle ne fut pas maîtresse de cacher son trouble, et perdit connaissance. Cette circonstance imprévue
occasionna quelque mouvement parmi les personnes qui se trouvaient
à côté d'elle, et qui s'empressèrent
de la secourir. Le Roi s'en aperçut, et s'approcha pour connaître
par lui-même d'où provenait cette
agitation extraordinaire. Il reconnut
Berthe, malgré sa pâleur, et ne
douta plus que ce ne fût elle, en
voyant le Comte et la Comtesse qui
mettaient tout en œuvre pour la rendre à la vie. Il se rappela pareillement les traits de Blanche, qu'il

2. N

se souvint d'avoir vue quelques
jours auparavant dans ses jardins,
et la réunion de toutes ces circonstances, qui ne pouvaient que lui
paraître bien étonnantes, éclaircit
les soupçons que la vue de Blanche
avait fait naître dans son âme, et
lui fit entrevoir la vérité. Il eut assez
de présence d'esprit pour se contenir, malgré l'agitation violente
qu'il éprouvait. Il ordonna qu'on se-
courût Berthe, et fit dire au Comte,
par un de ses Officiers qu'il avait
plusieurs fois chargé d'une pareille
mission, de venir lui parler, lorsqu'elle n'aurait plus besoin de ses
secours.

Henri ne doutait point, d'après ce

qu'il venait de voir, que Berthe ne fût vivante, et cet événement qu'il ne pouvait concilier avec l'assurance positive et réitérée que le Comte lui avait donnée de sa mort, le jeta dans une foule de réflexions qui ne firent qu'embrouiller ses idées. Quels motifs pouvait avoir eus la Princesse pour faire publier sa mort, et renoncer à son amour et à une couronne dont il n'avait en quelque sorte fait la conquête que pour la partager avec elle! Plus il cherchait à débrouiller ce chaos, et moins il pouvait asseoir un jugement certain sur le fait dont il venait d'être témoin. Il s'était aussi rappelé la rencontre qu'il avait faite de la jeune personne, dont la ressemblance avec

Berthe l'avait frappé, et ce qu'il
venait de voir ne lui laissa plus de
doute que ce ne fût sa fille. On peut
juger de l'impatience avec laquelle
il attendit le Comte, et de l'inquiétude qu'il éprouva quand il ne le
vit point paraître. Il le fit chercher
inutilement par toute la ville, et
le soin qu'il paraissait prendre pour
dérober ce mystère à sa connaissance, le confirma de plus en plus
dans ses soupçons.

Cependant les secours prodigués à
Berthe lui rendirent la connaissance;
dès qu'elle se sentit assez forte pour
s'éloigner, elle prit le bras du Comte,
et s'empressa de regagner son logis.
« Je me croyais plus maîtresse de

moi, lui dit-elle en s'en retournant ;
mais à la vue d'un objet aussi cher,
je n'ai pu commander au trouble de
mes sens. Je suis bien fâchée de l'embarras auquel je viens de vous exposer ; mais j'ai vu Henri, j'ai vu mon
Époux paisible possesseur d'un grand
Royaume ; je n'ai plus de vœux à
former que pour son bonheur ; je vais
mourir contente. »

Comme la Princesse ne doutait
pas, d'après ce qui venait de se passer, qu'on ne fît, par ordre du Roi,
les perquisitions les plus exactes pour
découvrir sa retraite, elle proposa au
Comte, dès qu'ils furent de retour,
de partir sur-le-champ pour le
souterrain, afin d'éviter tous les

N 3

inconvéniens qui pourraient peut-
être résulter d'une entrevue avec
Henri, dans la circonstance où il se
trouvait par rapport à son mariage.
Elle avait fait, jusqu'à ce moment,
trop de sacrifices dans la vue d'assurer son repos, pour ne pas achever
son ouvrage.

Le Comte ne put qu'approuver ce
parti, qui était le plus sage qu'elle
pût prendre. Un plus long séjour à
Londres devenait inutile, puisque le
but de son voyage était rempli ; et
tout étant disposé, conformément au
désir de la Princesse, dès le lendemain ils se mirent en route, et ren-
trèrent, après environ deux mois
d'absence, dans leur habitation, sans

que la fatigue du voyage et l'événement arrivé à Berthe, eussent paru
déranger sa santé.

De retour au souterrain, Blanche
ne manqua pas de renouveler ses
instances auprès de sa Mère, pour
en obtenir l'explication d'un mystère
dont elle ne pouvait deviner le sens,
malgré toute sa pénétration, et qui
ne laissait pas que de la tourmenter.
Mais Berthe, fidèle au plan qu'elle
avait formé, lui répondit que, suivant la parole qu'elle lui en avait
donnée, elle n'en serait instruite qu'à
dix-huit ans. Cependant un moment
d'oubli, malgré le soin qu'elle pre-
nait de s'observer, la trahit, et
Blanche apprit par un mot indis-

crètement lâché, le secret de sa naissance, et le rapport qui existait entre
le Roi et le portrait que sa Mère en
avait tracé ; portrait d'après lequel
elle avait esquissé le tableau dont son
imagination, et peut-être la nature
qui s'expliquait en elle, lui avait
suggéré l'idée.

Lorsque la Princesse vit qu'il n'y
avait plus moyen de réparer l'espèce
d'imprudence qu'elle avait commise,
elle résolut de satisfaire entièrement
sa Fille, en l'initiant dans la connaissance d'un mystère qui la touchait
d'aussi près. Elle la prit un jour en
particulier, et l'instruisit, en présence du Comte et de la Comtesse, de
tout ce qui avait précédé sa naissance.

et lui déclara qu'elle était la Fille
d'un des plus puissans Rois de la
terre.

Berthe n'avait pas encore fini de
parler, que Blanche, se précipitant
dans ses bras : « Mes vœux sont ac-
complis, lui dit-elle ; vous êtes ma
Mère, et mon cœur ne m'a pas trom-
pée ! » En prononçant ces mots, elle
la couvrit de baisers, et lui prodi-
guait les plus tendres caresses. « Mais,
poursuivit-elle, après que sa première émotion fut passée, mon Père!
la bonté paraît peinte sur son visage ;
il est trop grand pour ne pas être
généreux et sensible. S'il savait que
vous existez ! Je réponds qu'il vous
aime toujours ; tout le prouve, et

si vous vous faisiez connaître à lui ,
peut-être..... »

La Princesse lui représenta qu'il
n'était plus temps de revenir sur le
passé ; que sa mort ayant été annon-
cée à l'Europe entière, ce serait rendre un mauvais service à son Époux,
que de réclamer ses droits après un
aussi long intervalle ; que ce serait
l'exposer à remplir son Royaume de
troubles et de divisions, s'il était
assez généreux pour vouloir répu-
dier sa femme, dont il avait des
enfans reconnus comme Héritiers lé-
gitimes de sa Couronne, et reprendre
ses premiers liens ; qu'elle n'avait
plus rien à faire que de consommer
son sacrifice, en assurant, par son

silence, le repos et le bonheur d'un
Époux dont elle emporterait l'image
dans le tombeau ; et qu'enfin c'était
la dernière preuve de tendresse qu'il
était en son pouvoir de lui donner.

Elle ajouta que le Roi de France,
qui avait épousé sa Sœur et qui, par
ce mariage, avait réuni la Bretagne,
son héritage, à sa Couronne, ne la
verrait pas tranquillement revenir
au Monde, pour lui en enlever la
moitié ; qu'on reléguerait son existence au rang des fables ; qu'on la
ferait passer pour une imposture, et
que la réclamation de ses droits pourrait causer une guerre désastreuse
entre les deux Souverains. Les Sujets
mêmes de Henri, verraient peut-être

de mauvais œil l'Héritière de la
branche d'Yorck, chassée du lit de
leur Souverain, pour y placer une
étrangère dont les titres pourraient
être contestés. Les différens partis se
réveilleraient ; les funestes divisions
de la Rose rouge et de la Rose blanche renaîtraient avec plus de fureur,
et l'Angleterre serait encore une fois
inondée de sang.

Ces considérations la mettaient
dans la nécessité de dérober son exis-
tance à tous les regards, à moins que
des circonstances inattendues et qu'il
n'était guère possible de prévoir, ne
lui procurassent les moyens de révé-
ler son secret. Berthe finit par assurer sa Fille, qu'elle avait pris toutes

les précautions nécessaires pour constater ses droits en cas de besoin, et
que le Comte de Rieux, dont le généreux dévouement méritait une reconnaissance éternelle, avait entre
les mains les titres en vertu desquels
ils pourraient être reconnus. « Quand
je n'y serai plus, poursuivit la Princesse, en embrassant sa Fille ; vous
serez la maîtresse de vous faire reconnaître, ou de vivre dans l'obscu-
rité, selon que vous le jugerez convenable ; mais, ma chère enfant, si
j'ai un conseil à vous donner, et ce
conseil est le fruit de l'amitié tendre
que je vous porte, c'est de préférer à
la pompe des grandeurs, cette heureuse indépendance et cette paisible
médiocrité, desquelles seules vous

2. O

pourrez attendre un bonheur constant et durable. »

Elle eut à peine fini de parler, que Blanche, se jetant à ses genoux, prit une de ses mains qu'elle baisa plusieurs fois avec respect, en lui protestant que ses conseils seraient toujours une loi pour son cœur, qu'elle ne demandait au Ciel que de lui conserver une Mère aussi tendre et aussi digne d'être aimée, et qu'elle aurait toute sa vie pour le Comte et pour la Comtesse, qui avaient de si justes droits à sa confiance, l'amitié, la déférence et le respect que leur âge et leurs soins généreux devaient attendre d'elle. Depuis cette explication, elle ne témoigna pas à sa

Mère une plus grande amitié que
celle dont elle lui donnait journelle-
ment des preuves, car la chose n'aurait pas été en son pouvoir; mais elle
ne cessait d'avoir pour elle de ces
attentions recherchées, de ces pré-
venances délicates, dont une âme
bien placée peut seule connaître et
sentir le prix.

Cette conduite, fruit de l'éducation soignée que Blanche avait
reçue, répandait dans le cœur de
son infortunée Mère une joie douce
et pure, et suspendait, pour ainsi
dire, l'amertume des chagrins qui la
consumaient. Elle jouissait pleine-
ment de son ouvrage, et si quelques
regrets venaient se mêler à la juste

satisfaction qu'elle éprouvait, c'était de voir tant de mérite, de charmes et de vertus condamnés, pour ainsi dire, à un éternel oubli.

CHAPITRE XIII.

Il y avait plus de six mois que l'infortunée Princesse de Bretagne était de retour du voyage qu'elle avait fait à Londres. Le Comte s'apercevait avec douleur que sa santé, qui d'abord avait paru vouloir se raffermir, déclinait de nouveau d'une manière effrayante ; ses forces entièrement épuisées, lui permettaient à peine de passer de sa chambre dans le cabinet particulier où personne autre qu'elle n'entrait, et que malgré sa faiblesse, elle n'avait pas

encore cessé de visiter chaque jour.
La Comtesse avait fait la même remarque, et depuis long-temps elle
avait communiqué ses craintes à son
Époux ; mais ni l'un ni l'autre n'a-
vaient osé lui témoigner l'inquiétude
où son état les jetait. Comme la
cause de son mal leur était connue,
et que malheureusement il était sans
remède, ils s'étaient contentés de
chercher à la distraire par tous les
moyens qui étaient en leur pouvoir ; mais leur tentative n'avait pas
réussi.

Un jour que Berthe était restée
plus long-temps dans son cabinet,
où elle n'avait coutume que de passer
environ deux heures, elle en sortit

pour prier le Comte de Rieux et sa
femme de vouloir bien y rentrer avec
elle, pendant que Blanche était oc-
cupée à prendre sa leçon de musique.
Elle avait la voix très - belle, comme
on l'a dit plus haut, et sa Mère, qui
était elle - même une bonne musi-
cienne, pour le temps où elle vivait,
s'était fait un plaisir de cultiver son
talent avec le plus grand soin, et le
succès avait répondu complètement
à son attente.

L'invitation de la Princesse ne
causa pas une médiocre surprise au
Comte et à la Comtesse; elle fut
d'autant plus grande qu'elle semblait justifier les justes allarmes
qu'ils avaient conçues. Jamais, depuis

qu'ils habitaient la maison voisine
du souterrain, ce cabinet mystérieux ne s'était ouvert pour personne. Ils s'étaient fait un devoir de
respecter les volontés de Berthe, et
ne lui avaient jamais témoigné la
moindre curiosité à cet égard.

Lorsqu'ils furent entrés , Berthe
en referma la porte avec soin , et
après les avoir fait asseoir près d'une
table qui lui servait de bureau :
« Vous voyez, leur dit-elle , en leur
montrant une fosse qu'elle avait
creusée de ses faibles mains , vous
voyez le lieu que j'ai choisi pour me
servir de sépulture. » Ils ne purent
à ces paroles s'empêcher de fondre
en larmes : Berthe , qui s'aperçut de

l'impression que ce peu de mots avait faite sur eux, se hâta de l'adoucir en leur prodiguant les plus tendres caresses. « Lorsque j'aurai rendu les derniers soupirs, poursuivit-elle avec tranquillité, vous déposerez ma dépouille mortelle dans ce tombeau, que j'ai creusé moi-même depuis bien des années, et vous en consignerez les détails dans un écrit authentique, qui puisse au besoin servir à ma Fille pour constater l'époque de mon décès. »

Le Comte et la Comtesse gardoient un morne silence ; leur douleur était trop concentrée pour qu'ils pussent l'exhaler autrement que par des soupirs. « Je vous afflige, reprit

Berthe, et je m'y suis bien attendu ;
c'est ce motif qui m'a long-temps
fait différer d'entrer avec vous dans
ces tristes détails ; mais ma dernière
heure est venue, et la nécessité m'a
contrainte à cette démarche, toute
douloureuse qu'elle devait être pour
vous. Cette séparation me coûte autant
qu'à vous-mêmes ; mais vous deviez
depuis long-temps vous y attendre ;
il est même étonnant que j'aie poussé
aussi loin ma pénible carrière : je
n'emporte aucuns remords dans le
tombeau, et le trépas ne sera pour
moi que la fin de mes longs tourmens et le commencement de mon
repos. Faites un effort généreux sur
vous-mêmes, et suspendez un moment vos justes regrets pour entendre

mes dernières volontés. Je veux les déposer dans votre sein , persuadée d'avance de votre fidélité à les exécuter. »

Au - dessus de la tombe que Berthe s'était creusée , on voyait un tableau de moyenne grandeur , dans lequel elle s'était peinte sur son lit de mort. Elle y avait d'un côté représenté le Comte et la Comtesse qui la soutenaient dans leurs bras , et de l'autre Henri à qui l'hymen présentait l'amour brisant son arc et ses flèches. Blanche offrait à son Père l'emblême d'un cœur qui désignait celui de sa Mère , avec ces mots écrits au bas : *Il fut toujours à vous.* Les accessoires n'en étaient pas moins

soignés que le sujet principal. La
correction du dessin , l'expression
des figur s et une ressemblance parfaite étaient le moindre mérite de ce
tableau , dont la composition pleine
de grâce et l'heureux mélange des
couleurs paraissaient dignes des plus
grands maîtres.

La Princesse leur fit remarquer
cette peinture , à laquelle, dans
la douleur qui les accablait , ils
n'avaient fait aucune attention.
« Vous voyez ce tableau , leur dit-
elle, j'ai passé plusieurs années à le
composer , je l'ai à peu près porté à
la perfection où mon foible talent
peut atteindre. C'est un legs que je
fais à ma Fille; je désire qu'elle le

conserve précieusement, et d'après
les sentimens que je lui connais, je
ne doute pas qu'il ne lui soit toujours
cher. Si jamais elle s'engage dans
les nœuds de l'Hymen, je l'invite,
au nom des droits que sa naissance
et l'amitié me donnent sur son cœur,
de le transmettre avec le même soin
et à la même condition à ses enfans,
pour qu'il demeure à jamais dans sa
famille, tant qu'il en existera des
rejetons, et qu'il serve à lui rappeler
son illustre origine, et les principes
qui doivent régler sa conduite pour
ne s'écarter jamais des devoirs qu'elle
lui impose.

» Lorsque vous m'aurez rendu
les derniers devoirs, poursuivit-elle,

2.   P

vous pourrez, si vous le jugez convenable, quitter ce séjour de douleur; et jouir dans un lieu plus
agréable de la clarté des Cieux et
des agrémens d'une vie douce et
tranquille. Je laisse à votre prudence
à vous guider en cette occasion; les
circonstances pourront vous déterminer sur le choix du pays que
vous jugerez à propos d'habiter. Je
m'en rapporte entièrement à vous à
cet égard. Tout ce que je demande,
c'est que dans quelque situation où
vous vous trouviez, vous conserviez
toujours cette humble retraite, pour
qu'elle ne passe point en des mains
étrangères, qui pourraient la pro-
faner. Il vous reste assez de richesses,
non-seulement pour mener une vie

agréable et tranquille, mais encore
pour assurer à ma Fille un sort indépendant. Je la mets sous votre
tutèle, et je ratifie, par cet écrit que
je remets entre vos mains, tout ce
que vous jugerez à propos de faire
pour la rendre heureuse, persuadée
que je ne puis mieux placer ma confiance que dans les amis généreux
qui m'ont sacrifié leur existence et
le rang élevé qu'ils pouvaient tenir
dans le monde. Vous n'avez pas craint
de partager mes peines, vous ache-
verez votre ouvrage. Le bonheur de
ma Fille a toujours été le but constant de mes vœux, et j'emporterai
dans le tombeau la consolation de
savoir qu'elle va trouver en vous ce
que la mort et des événemens qu'il

P 2

était impossible de prévoir, lui ont ravi. »

L'épuisement où elle se trouvait la força de suspendre son discours : lorsqu'elle se sentit assez forte pour continuer : « Je ne crois pas, dit-elle, avoir long-temps encore à vivre : mes forces, qui s'affaiblissent de jour en jour, m'avertissent que le terme fatal s'approche. Je le vois arriver sans trouble, parce que mon cœur n'a rien à se reprocher, et que le cri de ma conscience ne s'élève pas contre moi. Je n'ai qu'un regret, c'est de me séparer de vous ; mais telle est la loi de la Nature ; il faut s'y soumettre sans murmurer. Si vous avez jamais occasion de revoir

Henri, poursuivit-elle, en s'adres-
sant au Comte, dites-lui que ma
tendresse pour lui ne s'est jamais
démentie, et qu'il a régné dans
mon cœur jusqu'à mon dernier
soupir. . . . . . »

Berthe fut interrompue par un
cri perçant que jeta Blanche, qui
s'occupait dans une pièce voisine à
répéter sa leçon de Musique. Ce cri,
qui ne pouvait provenir que d'un
mouvement de surprise ou d'effroi,
fit pâlir la Princesse et porta le plus
grand trouble dans son âme. Le
Comte se leva précipitamment et
courut auprès d'elle pour connaître
la cause de sa frayeur. Quel fut
son étonnement en voyant, à l'entrée

de la pièce où elle était, un homme
en désordre, une épée nue à la main,
et dont les yeux égarés semblaient
annoncer les mouvemens divers dont
il était agité. Le Comte ne savait
que penser de l'apparition subite de
cet inconnu, qui ne pouvait être
parvenu jusqu'à cet endroit que par
l'escalier taillé dans le roc, et sa
surprise était d'autant plus grande
que la montagne passait pour inaccessible et que jamais personne n'en
avait pu franchir le sommet. Dès que
cet homme l'aperçut : « N'avance
pas, scélérat, lui cria—t—il, ou
crains de recevoir le prix de tes forfaits : je n'ai pas d'espoir d'échapper
à la mort ; mais du moins je vendrai
chèrement ma vie. »

Berthe sortit au même instant du cabinet, et ce spectacle inattendu la fit tomber évanouie dans les bras de la Comtesse. Pendant qu'elle s'occupait avec Blanche à la rappeler à la vie, le Comte s'avançant désarmé vers le jeune homme, car il ne paraissait pas avoir plus de vingt-deux à vingt-quatre ans : « Rassurez-vous, Monsieur, lui dit-il, personne ici n'en veut à vos jours, et quel motif pourrions-nous avoir pour vous arracher la vie ? Croyez-vous être dans un repaire de brigands ? Mais, vous, répondez : de quel droit venez-vous troubler l'asile de l'innocence et du malheur ? Quel a été votre but en violant à main armée une retraite que vous

deviez au moins respecter ? Avez-
vous besoin de secours ? Ce n'est
pas ainsi qu'on doit se présenter
pour en obtenir. Sur quel fondement
avez-vous pu croire que nous étions
des scélérats, et que nous avions le
projet de vous ôter la vie ? Voyez,
poursuivit-il, en lui montrant la
Princesse, l'état où votre imprudence, pour ne rien dire de plus,
vient de réduire une femme sensible,
à laquelle, qui que vous soyez, vous
deviez peut-être des égards et du
respect. » Pardon, répondit le jeune
inconnu, que le langage et la contenance aussi ferme qu'imposanse
du Comte venaient de rendre à lui-
même : « Mais j'ai cru.... Tout
me portait à croire.... Je ne suis

donc point dans un repaire de brigands ! » — Un repaire de brigands,
répartit le Comte avec chaleur !
« Eh ! qui peut vous avoir suggéré
une pareille idée ? Rien n'annonce
que ce lieu est l'asile du crime et
de la bassesse : revenez de votre
erreur. Vous êtes chez des infortunés
prêts à vous procurer tous les secours qui pourront dépendre d'eux,
et qui n'ont et ne peuvent avoir
d'autre projet que celui de vous
rendre service. »

A ces mots, l'étranger, revenu
tout-à-fait de sa prévention, s'approcha du Comte, en lui tendant
la main, et lui présenta son épée,
pour le convaincre qu'il n'avait au-

cùn mauvais dessein ; le Comte la refusa pour lui prouver à son tour
qu'il n'avait aucun soupçon contre
lui ; et le jeune homme la jeta dans
un coin de la salle. Il le pria de lui
procurer quelques rafraîchissemens
dont il avait besoin pour ranimer
ses forces épuisées ; et le Comte
s'empressa de le satisfaire , en lui
témoignant tous les égards qu'on
doit à l'humanité souffrante , et
qui réclame les droits de l'hospi-
talité.

Cependant les soins de Blanche
réunis à ceux de la Comtesse de
Rieux et de Brigitte , qui était ac-
courue de son côté au cri qu'elle
avait entendu , avaient rendu Berthe

à la lumière: Lorsqu'elle eut tout-
à-fait repris l'usage de ses sens :
« Ah! ma chère Blanche, dit-elle
à sa Fille, que tu m'as fait de mal
sans le vouloir! mais je me sens
mieux, beaucoup mieux; cela ne
sera rien. Rassure-toi, je suis dans
mon état naturel, et mon mal vient
de cesser avec la cause qui l'avait
occasionné. » Blanche ne lui répondit qu'en se jetant dans ses bras, et
qu'en lui prodiguant les plus tendres caresses.

Cette crise inattendue avait effectivement épuisé les forces de la Princesse ; il lui fut impossible de se
tenir sur ses jambes, et sa foiblesse
l'obligea de rester assise. La Com-

tesse craignit avec raison que cet
événement ne lui devînt funeste,
vu l'état d'anéantissement où elle
se trouvait depuis plus d'une année; mais le mal était fait, et malheureusement il n'y avait pas de
remède.

Losqu'elle fût en état de le recevoir, l'inconnu se présenta devant
elle avec une contenance noble et
modeste, qui annonçait un homme
au-dessus du vulgaire, et dont
l'éducation paraissait avoir été soignée. Il lui témoigna tout le regret
qu'il avait d'avoir été, quoique in-
nocemment, la cause de l'accident
qu'elle venait d'éprouver : il pro-
testa de nouveau de la pureté de ses

intentions, et rejeta sur un effet du hasard l'événement singulier qui lui avait fait découvrir l'entrée du souterrain. Attaqué par des brigands, et échappé comme par miracle à leur poursuite, il avait été fondé à croire que cet asile était leur repaire, et cette erreur bien pardonnable avait produit l'accident fâcheux dont il avait été la cause involontaire. Pour ajouter encore à la confiance que ses nouveaux hôtes paraissaient lui témoigner, il offrit d'entrer dans de plus grands détails, tant sur sa naissance et le rang que sa famille occupait en Angleterre depuis plusieurs siècles, que sur la manière dont il était parvenu sur le soum-

2. Q

met inaccessible de la montagne.
Cette offre qui ne pouvait qu'intéresser Berthe, et surtout le Comte,
qui ne laissait pas que d'éprouver
de l'inquiétude, fut acceptée, et la
Princesse se sentant assez bien remise pour n'avoir plus besoin de
secours, ils se placèrent autour de
l'étranger pour entendre son récit,
qu'il fit en ces termes.

CHAPITRE XIV.

« Je suis le chef d'une des premières familles de ce Royaume ; mes Ancêtres, originaires de Normandie, suivirent au onzième siècle Guillaume le Conquérant, lorsqu'il vint prendre possession du Trône d'Angleterre, auquel Saint Edouard, qui ne laissa point d'enfans, l'avait appelé par son testament ; ils y furent comblés par ce Prince de biens et d'honneurs, en récompense des services qu'ils lui avaient rendus, lors de la conquête de son Royaume,

que lui disputait Harald, qui s'en
était emparé. Réunissant sur ma
tête les biens des différentes bran-
ches de ma Maison, qui sont éteintes
depuis près d'un siècle, je me trouve
à vingt-quatre ans possesseur d'une
fortune considérable, dont je suis le
maître de disposer, étant l'unique
rejeton de ma Famille.

» Mon Père, que j'ai perdu il y a
deux ans, avait échappé, dans sa
première jeunesse, par une faveur
particulière de la Providence, qui
veillait sur ses jours, au fer des assassins, qu'un monstre, irréconciliable ennemi de ma Famille,
avait payés pour l'anéantir. L'histoire de mon Père, et de mon Ayeul

qui tomba sous leurs coups, est
trop étroitement liée aux événemens de ma vie, pour ne pas vous
en rapporter les principaux traits :
elle est d'ailleurs d'un intérêt qui
ne pourra qu'attendrir votre âme
naturellement généreuse et sensible ;
et c'est à ce titre que j'entreprends
de vous la faire connaître. Il m'est
en outre de la plus grande importance de vous convaincre que je
suis loin de mériter les soupçons que
vous seriez peut-être fondés d'avoir
sur ma personne , et je n'ai d'autre
but que d'obtenir votre confiance ,
dont j'ose me flatter que vous ne me
jugerez pas indigne.

» Ma Famille a joué un très-

grand rôle dans les troubles qu'ont
occasionnés les prétentions des Maisons d'Yorck et de Lancastre au
Trône d'Angleterre, depuis le règne
d'Edouard III. C'est une de celles
qui se sont le plus signalées en faveur de la Rose blanche, qui était,
comme vous le savez, le signe de
ralliement des Partisans de la Branche d'Yorck. Cet esprit de parti
excita entre elle et une autre Famille, non moins attachée à celle de
Lancastre, une rivalité d'autant plus
terrible, qu'elle devint la source
d'une haine irréconciliable entre les
deux Maisons.

« Mon Ayeul, par une bizarrerie
du Destin, dont les effets sont in—

câlculables , conçut la passion la
plus violente pour la Fille de son
plus mortel ennemi : cette belle personne ne l'aimait pas moins tendrement et désirait, autant que lui,
d'éteindre dans les nœuds de l'Hy-
menée la division funeste qui sub-
sistait depuis trop long-temps entre
leurs Familles, et qui devait nécessairement finir par entraîner la
ruine de l'une ou de l'autre, et peut-
être de toutes deux. Mon Ayeul
n'épargna rien pour fléchir le Père
de son Amante ; mais ce fut inutilement qu'il mit en œuvre les moyens
qu'il jugea les plus propres à dé-
sarm r son inflexible opiniâtreté.
Désespéré du peu de succès de ses
tentatives, et menacé de perdre l'ob-

jet de son amour, il prit une résolution que lui suggéra la passion
violente dont il était agité, ce fut
d'enlever sa Maîtresse, et de fuir
avec elle dans un désert inaccessible. Je ne vous détaillerai point
tous les ressorts qu'il fit jouer, les
peines qu'il se donna, les dangers
mêmes qu'il courut, il vous suffira
de savoir qu'il réussit au gré de
ses vœux dans cette périlleuse entreprise, et qu'après avoir fait
bénir ses nœuds, il vécut pendant
plusieurs années dans la retraite
ignorée qu'il s'était choisie, avec
son épouse, qu'il adora jusqu'au
dernier moment de sa vie, et
dont il eut un Fils, qui fut mon
Père. »

Le rapport étonnant qui paraissait se trouver entre le récit de l'étranger et les Mémoires renfermés dans la cassette de bois de cèdre, dont le hasard avait produit la découverte, intéressa vivement la curiosité de la Princesse et de ses deux amis ; ils redoublèrent d'attention pour en écouter la suite ; mais ils ne jugèrent pas à propos de l'interrompre par des questions inutiles, et continuèrent de lui prêter le plus profond silence.

« Le Père de mon Ayeule, qui crut, d'après les bruits que son gendre avait fait adroitement semer, que sa Fille avait été assassinée par des Brigands, devint fu-

rieux quand il apprit, par la tra-
hison la plus infâme, qu'elle était
au pouvoir de l'homme qu'il haïs-
sait le plus, et qui bravait dans un
asile inaccessible les transports de
son impuissant courroux. Dès ce
moment, il n'exista plus que pour
se venger. Il n'avait que la moitié
du secret qu'il était important pour
lui de découvrir pour satisfaire sa
rage ; mais il ne désespéra pas d'en
venir à bout. Il fit les recherches les
plus pénibles pour parvenir à la
connaissance d'un mystère enve-
loppé des ombres les plus épaisses ;
et à force de temps, de constance
et de démarches, il vint malheureusement à bout de le pénétrer. Ce
fut alors qu'il conçut le projet de

vengeance le plus atroce dont on
puisse se former une idée. La voix
de la Nature, dont il étouffa le
cri, ne fut pas capable de le retenir;
il lui fallait du sang pour assouvir
sa rage criminelle, et la soif qu'il
en avait ne fut étanchée que lorsqu'il la sut satisfaite.

» Il ne fut pas néanmoins assez
barbare, ou plutôt il était trop lâche
pour exécuter lui-même cet horrible projet : mais il trouva des
assassins qui lui promirent, moyen-
nant une somme considérable dont
il paya leur crime, de consommer
sa vengeance dans toute sa pléni-
tude. S'ils n'exécutèrent pas entièrement ce projet, c'est que l'âme

même des scélérats n'est pas toujours inaccessible à la pitié ; ou
plutôt, que le Ciel, qui veillait à
la conservation de mon Père, fit
entrer dans leur cœur un remords
salutaire qui lui sauva la vie.

« Mon Ayeul n'avait pour le servir dans son obscur asile que deux
domestiques , un homme et une
femme, sur la fidélité desquels il
se croyait en droit de compter, et
qui le trahirent de la manière la
plus horrible. Leur ingratitude fut
d'autant plus grande que, désirant
de se marier, il leur avait donné
une somme assez considérable , et
s'était engagé de leur assurer un
sort indépendant et libre, lorsque

des circonstances plus heureuses lui permettraient de reparaître dans le monde. La soif inextinguible de l'or, qui tourmentait leur âme vénale, et le désir de jouir plus promptement de l'avenir qui leur avait été promis, leur firent prêter l'oreille aux propositions du Père de mon Ayeule : la vue d'une somme considérable, qu'on leur offrit de sa part, acheva de les déterminer. Ce furent ces monstres qui procurèrent aux assassins les moyens de pénétrer dans l'asile de l'Amour et de la Vertu, pour y consommer leur forfait, dont l'exécution ne réussit que trop au gré de leurs désirs.

» Introduits dans l'intérieur de

2.   R

leur retraite par les scélérats qu'ils
avaient gagnés, les féroces complices du plus barbare des Pères
arrachèrent le jour à mon Ayeul et
à sa malheureuse épouse, qui, sur-
pris par eux, ne purent leur opposer aucune résistance. Ils remi-
rent mon Père, alors âgé d'environ
trois ans, entre les mains des deux
domestiques, qui avaient promis de
s'en défaire, et qui devaient exécuter
cet horrible complot dans le bois
voisin, de manière qu'il ne restât
aucune trace de leur crime. Pendant
que l'un des deux restait aux environs pour empêcher toute surprise,
l'autre, c'était la femme, s'enfonça
dans le bois avec l'innocente victime
qu'elle devait immoler ; mais lors-

qu'elle fut sur le point de consommer son crime, le fer meurtrier lui tomba des mains. Saisie d'un remords salutaire, elle n'eut pas le courage de les tremper dans son sang, et au lieu de rejoindre ses complices, comme elle en était convenue, elle s'enfuit emportant avec elle cette innocente créature, que le Ciel protégeait d'une manière aussi éclatante.

» Cette femme avait appris par l'indiscrétion des assassins, le nom de mon Aïeul, qu'elle n'avait connu jusqu'alors que sous celui qu'il avait pris pour s'empêcher d'être découvert. Comme elle avait en son pouvoir une partie de la somme, au moyen de laquelle le crime devait

être commis, elle ne fut pas em-
barrassée sur le parti qu'elle avait à
prendre. Elle usa de toutes les précautions nécessaires, afin de ne pas
tomber entre les mains de ses complices, qui n'auraient pas manqué de
s'en défaire, pour empêcher qu'elle
ne les trahît, et vint à bout, après
une marche longue, et d'autant plus
difficile qu'elle avait un bras de mer
à traverser, de se rendre près d'une
Tante de mon Aïeul, qui vivait encore. Elle remit entre ses mains ce dépôt précieux, en lui racontant, non
sans déguiser ce qui n'était pas à son
avantage, la funeste catastrophe arrivée à ses Maitres, qu'elle se garda bien
de dire qu'elle avait trahis. Ce ne fut
que quelques années après qu'on en

eut connaissance, lorsque les assas—
sins , arrêtés pour d'autres crimes ,
confessèrent celui qu'ils avaient au—
trefois commis ; mais elle était dis—
parue depuis long — temps, et l'on
n'en entendit jamais parler.

» La respectable Tante de mon
Père récompensa généreusement cette
femme de sa bonne action , et le fit
élever secrettement, pour le garan—
tir de la fureur de son barbare Aïeul,
qui n'aurait pas manqué de chercher
tous les moyens d'attenter à ses jours,
s'il avait pu savoir qu'une de ses vic—
times était échappée à ses coups.

» Heureusement pour mon Père
que cet homme barbare ne survécut

R 3

pas long-temps au crime abominable
qu'il avait commis. Il mourut dans
les tourmens les plus affreux, dont
on était loin de deviner la cause,
mais qui prouvent que la vengeance
Divine, pour être quelquefois lente,
n'en porte pas moins des coups as-
surés.

» La Tante de mon Père n'ayant
plus rien à craindre, le fit reconnaître
par un acte authentique, pour l'Héritier légitime des titres et des biens
de sa Maison, dont il fut mis en
possession sous sa tutèle; mais ce fut
vainement qu'on chercha les titres de
sa famille, ainsi qu'un grand nombre d'effets précieux qu'on présuma
que mon Aïeul avait emportés avec

lui , et qu'il fut impossible de retrouver, malgré toutes les recherches
qu'on fit dans le lieu même qui lui
avait servi de retraite. On ne douta
pas qu'ils ne fussent perdus pour jamais ; soit qu'il les eût déposés dans
un lieu dont il avait seul la connaissance , soit qu'ils eussent été la proie
de ses assassins qui les auraient dé-
naturés, pour ensevelir dans un oubli
profond la mémoire de leurs forfaits. »

Ce nouvel indice ne laissa plus
douter au Comte, ainsi qu'à Berthe,
que l'étranger ne fût le Petit-fils de
l'infortuné dont les Mémoires intéressans étaient parvenus à leur connaissance ; mais ils se regardèrent
sans l'interrompre, et jugèrent à

propos d'attendre, pour l'instruire
de ce qu'ils savaient à son égard,
qu'il eût terminé son récit, qui piquait d'autant plus leur curiosité,
qu'ils se trouvaient liés en quelque
sorte à des circonstances qui cessaient
de leur être étrangères.

« Fidèle au parti que ses ancêtres
avaient embrassé, et de plus, juste-
ment animé contre les enfans du barbare, dont il avait manqué d'être la
victime, et qui avaient hérité de sa
haine pour lui, mon Père a joué un
grand rôle dans les derniers troubles
qui ont encore une fois divisé l'Angleterre, et entraîné la ruine de la
Maison d'Yorck, dont il ne reste
plus qu'un infortuné rejeton qui

languit dans les fers de l'usurpateur
de sa Couronne; le succès ne couronna pas les efforts de sa valeur ; le
parti du malheureux Richard (1) fut
obligé de céder, pour le moment, à

------

(1) L'étranger veut parler en cet
endroit de l'imposteur Perkins, qui
avait pris le nom du second Fils d'É-
douard IV, qu'on sait avoir été étran-
glé dans la Tour de Londres, avec son
Frère Édouard V, par ordre de son
Oncle Richard III, ainsi qu'on l'a
dit plus haut. Henri VII, qui n'était
pas sanguinaire, se contentait de le
retenir prisonnier, sans le faire conduire à l'échafaud, où son imposture
avait mérité de le faire monter. (Note
de l'Éditeur.)

l'ascendant de son vainqueur , et
d'attendre une circonstance plus favorable pour soutenir les droits de
l'Héritier légitime. Heureusement
que , plus politique et plus adroit
que ceux qui l'avaient précédé ,
Henri ne voulut point relever les
échafauds que l'Angleterre avait vu
tant de fois inondés du sang de ses
familles les plus illustres. Content de
les avoir soumis , il ne rechercha
point les Grands qui lui avaient été
contraires ; il accueillit même ceux
qui furent assez lâches pour aller
lui faire la cour. Les autres eurent
la liberté de vivre tranquillement
dans leurs Domaines, en se con-
formant aux lois nouvellement éta-
blies.

» Trop fier pour fléchir le genou devant l'Usurpateur, mon Père quitta la Cour et se retira dans ses terres, où il vécut adoré de ses vassaux, dont le bonheur fut en tout temps sa principale étude. Il y a deux ans qu'une mort prématurée me l'enleva dans un âge où il pouvait espérer encore quelques années de vie. Je fus le seul fruit d'un hymen consacré sous les auspices de l'amour, mais qui devint le tourment et le malheur de sa vie, par la perte qu'il fit d'un Épouse adorée, qui mourut en me donnant le jour. Dès ce moment je fus l'objet de toutes ses affections; il me fit donner une éducation soignée, dont il connaissait tout le prix, la sienne n'ayant point

été négligée ; il m'inspira les principes les plus sévères de justice et
de vertu, dont il me fit promettre
en mourant, de ne m'écarter jamais,
et je le regrettai d'autant plus qu'il
avait toujours eu pour moi l'amitié
la plus tendre.

» Malgré que je n'aie point à me
plaindre particulièrement du Roi,
qui même a fait indirectement quelques avances pour m'attirer dans son
parti, je ne vous cache pas que je
ne puis m'empêcher de le regarder
comme un usurpateur : je ne fais
pas mystère de cette opinion que je
n'ai point déguisée à ceux qu'il avait
envoyés pour essayer de me ramener ;
mais je suis attaché trop sincèrement

au bonheur de ma Patrie , pour
troubler sa tranquillité, en la re-
plongeant encore une fois dans les
horreurs de la guerre civile. Je
gémis de voir dans les fers l'Héritier
légitime de la Couronne , et j'at-
tends qu'une circonstance plus heureuse me mette à portée d'agir ef-
ficacement pour soutenir et faire
triompher ses droits. D'un autre
côté j'ai trop de sujet de haïr la
Cour , pour séjourner à Londres.
Possesseur d'une terre assez considérable , à peu de distance de cet
endroit , j'y fais ma résidence presque habituelle. Je la préfère absolument à mes autres Domaines ,
quoique peut-être moins agréable ,
parce qu'elle est plus propre à la

2, S

chasse, dont je fais mon occupation favorite. Je passe une partie de mes jours à poursuivre dans les bois les bêtes sauvages, et mon ardeur pour ce genre de plaisir est telle, que la nuit me surprend quelquefois dans le milieu des forêts, où lorsque je m'égare, je suis obligé d'attendre le jour.

» Nous avions, quelques amis et moi, dont les goûts sont les mêmes, arrêté pour hier une grande partie de chasse, dont nous nous promettions la plus heureuse issue. Les relais étaient partis d'avance, et placés de manière à remplir notre attente ; mais je ne sais par quelle fatalité elle n'a pas réussi. Mes chiens,

quoique d'excellente race et parfaitement dressés, se sont trouvés plusieurs fois en défaut. Enfin, après
bien des tentatives inutiles, ils se
sont remis sur la trace de la bête
que nous poursuivions. Furieux en
quelque sorte de l'obstacle qu'ils
avaient éprouvé, ils semblaient avoir
redoublé d'ardeur et d'acharnement
pour ressaisir la victoire qui avait
manqué de leur échapper. Je les
appuyais du geste et de la voix,
autant qu'il était en mon pouvoir,
et, profitant de la vigueur de mon
cheval, je les poussai tellement,
que je laissai les autres chasseurs
bien loin derrière moi. Je perdis à
mon tour la trace des chiens dans
une partie de bois aussi vaste qu'é-

paisse, qui s'étend de l'autre côté
de la montagne, et je m'y enfonçai
au point qu'il me fut impossible
de retrouver mon chemin.

» La nuit approchait ; le silence
le plus profond régnait autour de
moi ; mon cheval était excédé de
fatigue ; j'avais moi-même besoin
de repos. Je pris mon parti ; je
choisis un endroit où l'herbe était
épaisse ; je débridai mon cheval
pour qu'il pût paître en liberté, et
je me jetai au pied d'un chêne extrêmement touffu, où je me pro-
posai d'attendre , en m'y reposant,
que le jour ou le bruit des cors
me remissent sur la voie. Je n'avais
rien pris de la journée , et le besoin

de me procurer quelques alimens, pour reparer mes forces, commençait à se faire sentir ; mais ce fut inutilement que je cherchai les moyens de le satisfaire , et je fus obligé d'attendre du sommeil le soulagement qui me devenait de plus en plus nécessaire ; mais le sommeil ne répondit pas à mes vœux ; je passai la nuit toute entière dans une vaine attente.

» Enfin au point du jour, qui me parut bien lent à paraître , j'entendis les abois de quelques-uns de mes chiens, qui sans doute étaient égarés ainsi que moi. J'attachai mon cheval pour le retrouver à mon retour , et semant des brisées sur

ma route, afin de pouvoir la reconnaître, je me rendis avec beaucoup
de difficulté, parce que le bois était
fort épais, vers l'endroit où je présumai qu'ils pouvaient être. Tout
à coup trois hommes se pré-
sentèrent à moi et me chargèrent
vivement, en cherchant à me dé-
sarmer. Je fis bonne contenance, et
me jetant en arrière je parai avec
mon épée les coups qu'ils tâchaient
de me porter. Ma fermeté parut
d'abord leur en imposer; mais ils
revinrent bientôt à la charge avec
plus de fureur, et je me vis sur le
point de succomber. Je blessai le
plus hardi des trois assez dange-
reusement, pour que l'un de ses
compagnons cherchât à le secourir.

Pendant qu'il était occupé à le relever et à l'appuyer contre un arbre,
je courus sur le second qui faisait
mine de vouloir m'attaquer ; mais
voyant sans doute que la partie
n'était pas égale, il rompit la mesure , et finit par aller rejoindre ses
compagnons , afin de se concerter
avec eux sur les moyens de se dé-
barrasser de moi, sans exposer leurs
jours , que je paraissais ne pas
vouloir ménager. Un coup de sifflet
que j'entendis un moment après ne
me permit plus de douter de leur
dessein. Je ne jugeai pas à propos
d'attendre le renfort qui allait leur
arriver , et profitant de leur ab-
seuce momentanée , je m'éloignai
rapidement du lieu du combat;

l'épaisseur du bois favorisa ma
fuite ; un second coup de sifflet que
j'entendis m'annonça que leurs compagnons n'étaient pas éloignés, et
qu'ils se hâtaient sans doute de les
rejoindre. Je redoublai le pas autant
que mes forces épuisées pouvaient
me le permettre, et je parvins heureusement au pied de la montagne
qui s'élève derrière votre habitation.
Je la gravissais avec assez de difficulté, et je me fatiguais d'autant
plus qu'il n'y avait point de route
tracée, et que les coups de sifflet qui
retentissaient de temps en temps à
mes oreilles, ne me laissaient aucun
doute que j'étais vivement poursuivi.

» Je me jetai dans un fourré très-

épais où je fus obligé de m'asseoir ;
mes forces se trouvant tellement
épuisées, qu'il m'était impossible
de faire un pas de plus. Je m'aban-
donnais à d'assez tristes réflexions,
lorsque j'entendis le bruit d'un
petit ruisseau qui serpentait à travers les cailloux à quelque distance de moi. Cette découverte ra-
nima mon courage abattu. Je me
traînai jusqu'à l'endroit que son
léger murmure m'indiquait, et j'é-
tanchai la soif brûlante qui me
dévorait. Un doux sommeil s'empara malgré moi de mes sens, et au
bout d'environ deux heures, autant
que je puis le présumer, je me
trouvai en état de continuer ma
route.

» Tout était paisible autour de moi ; n'entendant plus aucun bruit qui fût dans le cas de m'alarmer, je pensai que les brigands avaient perdu mes traces, et que je pouvais poursuivre ma route sans craindre leur rencontre. Je continuai de gravir la montagne avec des peines infinies ; mais je ne perdais pas courage. J'espérais qu'une fois parvenu sur son sommet, je pourrais ou me reconnaître, ou trouver une cabane de Bergers qui m'indiqueraient les moyens de regagner mon Château : je ne pouvais pas imaginer que cet endroit fût inhabité.

» Quoique épuisé par la fatigue, et tourmenté par la faim, je ne

renonçai point à mon projet, qui
devenait de plus en plus difficul-
tueux, à mesure que j'avançais dans
ma route. Les obstacles mêmes se
multipliaient tellement , et je me
sentais si fort épuisé, que je fus
obligé de me reposer une seconde
fois , tant pour reprendre haleine ,
que pour aviser au moyen de me
tirer du pas dangereux où je me
trouvais engagé. Une espèce de pom-
mier sauvage, que le hasard offrit à
mes yeux, me procura des fruits qui,
malgré leur amertume et leur peu de
saveur, me furent néanmoins d'une
grande ressource dans le dénuement
absolu où je me voyais réduit. »

« Lorque mes forces furent suffi-

samment revenues ; je ne renonçai
point à mon entreprise, dont je
résolus de sortir avec honneur. Je
m'armai d'un nouveau courage ;
j'escaladai des roches inaccessibles,
sur lesquelles jamais aucun homme
n'avait porté ses pas. Je frémissais
d'horreur en observant les précipices
dont j'étais entouré ; mais il était
plus dangereux peut-être de chercher à redescendre, que de continuer à monter. Enfin, après trois
heures de la marche la plus pénible, je découvris une dernière roche
encore plus escarpée que les autres,
sur laquelle je parvins, après mille
dangers, en m'accrochant, soit à des
arbres que je rencontrais de distance en distance, soit aux inéga-

lités que sa surface présentait. L'es-
calade de cette roche fut le terme
de mon voyage et de mes peines.
Je me trouvai, après l'avoir fran-
chie, sur la cîme de la montagne,
dont l'aspect agréable me surprit,
et me fit en quelque sorte oublier
la peine que j'avais eue pour y
gravir.

» Je fus étonné bien davantage,
en y remarquant des traces de cul-
ture, et une assez grande quantité
d'animaux domestiques, qui semblèrent m'indiquer, en ne fuyant
point à mon approche, que ce bel
endroit n'était pas sauvage ; mais
ce fut vainement que j'y cherchai
les traces d'une habitation. Une

2. T

chèvre, plus familière que les autres, et qui vint prendre dans ma
main une poignée d'herbes et de
fleurs champêtres que je lui pré-
sentai, me fournit l'idée de me
procurer une nourriture salutaire
dont j'avais le plus grand besoin. Je
m'assis sur la pelouse, où elle vint
se reposer près de moi, et, comme
si elle eut deviné mon intention,
elle me présenta d'elle — même les
moyens d'appaiser la faim qui con-
tinuait à me tourmenter. Son lait
bienfaisant me rendit à la vie ; je
l'accablai de caresses, et je lui témoignai ma reconnaissance, en lui
choisissant les herbes qu'elle semblait
préférer, et qu'elle recevait avec
plaisir de ma main. Je parcourus,

avec ma nouvelle compagne, qui me
servait en quelque sorte de guide,
ce séjour, qui me parut d'autant
plus délicieux que j'avais risqué
vingt fois ma vie pour y parvenir.
J'y trouvai non-seulement des sour-
ces d'eau pure, mais plusieurs es-
pèces de fruits que je savourai avec
délices.

» Plus je faisais de découvertes
et plus j'étais dans l'enchantement :
ce qui surtout excitait ma surprise,
c'était de voir des terres cultivées,
et de ne pouvoir en connaître le pro-
priétaire, ni savoir par quel moyen
il pouvait parvenir sur le sommet
d'une montagne aussi escarpée. J'en
avais fait le tour, et je m'étais con-

vaincu de l'impossibilité de s'y rendre
autrement que je ne l'avais fait, à
moins qu'une route, qui m'était in-
connue, n'y conduisît. Je cherchais
à expliquer ce phénomène, lorsqu'en
me retournant pour gagner un petit
sentier, qui conduisait à un lac ou
bassin dont l'eau était extrêmement
claire, je remarquai les pas d'un
homme fraîchement imprimés sur la
terre humide. Je les suivis, toujours
accompagné de ma bonne nourrice,
qui me précédait en folâtrant. Ces
traces me conduisirent vers un petit
bouquet de bois, dans lequel je
trouvai un escalier taillé dans le roc.
Cette découverte m'expliqua le mystère que je ne pouvais concevoir, et
tout ce qui m'avait paru tenir du

prestige, n'avait plus rien qui dût
m'étonner.

» Je m'arrêtai, ne sachant si je
devais descendre cet escalier, ou
chercher une autre issue pour me
tirer de la montagne, et tâcher de
trouver un endroit habité où l'on
pût m'indiquer les moyens de regagner mon Château. La première
idée qui me vint à l'esprit fut que
cet escalier conduisait peut-être au
repaire des brigands qui m'avaient
attaqué. J'hésitai sur le parti que
j'avais à prendre ; mais après un
moment de réflexion, je résolus de
poursuivre l'aventure. Je tirai mon
épée pour être en état de me défendre au besoin, et après avoir pris

T 5

congé de ma fidelle compagne, qui
parut me voir partir avec quelque
regret, je descendis l'escalier, qui
était moins rude que je ne l'avais
jugé d'abord. Le jour, qui venait
d'en haut, l'éclairait suffisament
pour qu'on pût s'y conduire. Après
avoir descendu environ deux cents
marches, je trouvai une grille de
fer, qui confirma le premier soupçon
que j'avais conçu; mais qui ne suspendit pas l'exécution de mon projet.

» Comme cette grille n'était point
fermée, elle céda d'elle-même au
premier effort que je fis pour l'ouvrir.
Elle me conduisit par une allée obs-
cure, dans un souterrain assez vaste
qui ne l'était pas moins. Je m'y

arrêtai, tant pour asseoir mes idées
sur la situation embarrassante où je
me trouvais, que pour donner le
temps à mes yeux de distinguer les
objets. Si la curiosité me portait,
d'une part, à tenter l'aventure, la
prudence me disait, de l'autre, de
ne pas m'engager témérairement
dans une entreprise où ma vie pouvait courir quelque danger. Ce n'é-
tait pas cependant la crainte de la
mort qui me retenait le plus ; mais
l'idée des brigands ne me sortait pas
de l'esprit, et l'appréhension d'être
englouti vivant par eux dans quelque cachot, me faisait hésiter à
poursuivre ma route. Je crus, toute
réflexion faite, qu'il était plus pru-
dent de retourner sur mes pas, et

j'allais effectivement prendre le chemin de l'escalier, lorsque j'entendis
dans l'éloignement les accens d'une
voix mélodieuse, qui suspendirent
mon départ, et me firent rester
comme en extase.

» Cette voix divine avait cessé de
retentir à mon oreille, que j'écoutais
encore; elle dissipa tout-à-fait mes
craintes. La curiosité l'emporta sur
la prudence. Je voulus voir la personne dont les accords enchanteurs
avaient frappé mes oreilles d'une manière aussi délicieuse. Je traversai un
autre souterrain, à l'issue duquel
j'aperçus le jour. J'allais le franchir,
lorsque les mêmes accens suspendirent une seconde fois mes pas. J'étais

dans une ivresse difficile à décrire. Je
rougis de la vaine terreur qui avait
pu s'emparer de mes sens, et dès que
la voix eut cessé de se faire entendre,
je m'avançai le plus doucement qu'il
me fut possible, et je parvins jusqu'à
l'entrée d'une chambre, où j'aperçus
une jeune personne qui me parut être
de la plus grande beauté. Je restai
comme immobile en admirant ses
charmes. Un mouvement involontaire que je fis, l'obligea de lever les
yeux; elle me vit, et la surprise, ou
même la frayeur, car la manière dont
je me présentais était bien faite pour
l'inspirer, lui fit jeter le cri auquel
vous êtes accouru.

» Vous savez le reste : je ne puis

que vous réitérer les excuses que je
vous dois, pour l'idée peu avanta-
geuse qu'au premier abord j'avais
prise de vous ; mais après ce qui venait de m'arriver, ma tête n'était pas
bien à moi, et mon erreur était d'autant plus pardonnable, que tout ce
que je voyais paraissait plus éloigné
de l'ordre ordinaire des choses. Je
vous prie de croire à la sincérité de
mon récit : je suis bien éloigné de
vouloir vous en imposer ; et lorsque
vous me connaîtrez mieux, j'ose espérer d'obtenir de vous la confiance
que je crois être en droit d'en attendre.

FIN DU TOME SECOND.

www.ingramcontent.com/pod-product-compliance
Lightning Source LLC
Chambersburg PA
CBHW061454030726
47503CB00005B/1706